D. Geoffrey Lehmann

Dem Spion auf der Spur

R. Brockhaus Verlag Wuppertal

R. Brockhaus Raben-Buch 203

© 1981 by G. D. Lehmann
Die indische Originalausgabe erschien unter
dem Titel »Asha an Army Agent«
Published by special arrangement of
Christian Literature Crusade, USA
Deutsch von Renate Brauweiler

© der deutschen Ausgabe 1984:
R. Brockhaus Verlag Wuppertal
Umschlaggrafik: Karlheinz Groß, Bietigheim
Gesamtherstellung: Breklumer Druckerei Manfred Siegel
ISBN 3-417-23203-1

Inhalt

1. Ein Versteck in Delhi 5
2. Die Zigeuner 13
3. Lumba Pani 30
4. Überraschungen auf dem Weg 41
5. Als wir beinahe Shantis
   Geburtstag vergaßen 47
6. Das Armband und das Buch 52
7. Nächtliches Ereignis 56
8. Der verschwindende Fluß 65
9. Hatten wir das Versteck des
   Spions gefunden? 73
10. Der Leopard 82
11. Besuch von Onkel Ram 89
12. Der wilde Stier 98
13. Das Krankenhaus 106
14. Der Taum 110
15. Ein großer Erfolg 114
16. Fast zu schön, um wahr zu sein 121
17. Deen schreibt ein Lied 124
18. »Mutiges Mädchen fängt Spion« 126

1. Ein Versteck in Delhi

Ich weiß gar nicht, wie ich meine Geschichte beginnen soll. Vielleicht glaubt ihr mir nicht. Aber wir haben die Abenteuer wirklich erlebt, über die ich schreiben will.

Vielleicht sollte ich zuerst erklären, wer mit »wir« gemeint ist.

Ich spreche von meiner Familie. Dazu gehören mein Vater – Major Khanna –, meine Mutter, mein Bruder Ajay* und unser Baby. Wir wohnen in Delhi in Indien. Das Baby, meine kleine Schwester, hat mit dieser Geschichte nichts zu tun. Sie gehört nur zu unserer Familie. Sie ist sehr, sehr niedlich, und wir haben sie alle lieb. Sie heißt Nirmala.

Ach, ich habe euch den Namen meines Bruders gesagt, aber meinen eigenen vergessen. Ich bin ein Mädchen und heiße Asha**. Ich bin elf Jahre alt. Ajay ist acht. Jeden Sommer gehen wir in den Ferien nach Pahalata in die Berge. Papa hat gewöhnlich im Hauptquartier der Armee zu tun. Deshalb sind die Ferien für ihn Arbeit und Urlaub zusammen. Wir haben schon richtige Abenteuer in dem schönen Bergdorf erlebt.

Es werden aber bestimmt viele Sommer vergehen, bis wir wieder ein Abenteuer wie in diesem Sommer erleben. Jedenfalls hoffe ich das.

Seltsamerweise begann alles, als wir uns über den Besuch von Onkel Lal in Delhi freuten. Onkel Lal ist General und der Kommandeur in Pahalata. Er ist nicht nur unser Onkel, weil er Mamas älterer Bruder ist, sondern auch ein lieber, alter Freund, der zu uns Kindern besonders nett ist.

»Pahalata ist mein Lieblingsort in Indien«, hörte ich ihn eines Tages sagen. »Ich werde mich dort einmal zur Ruhe setzen.«

---

* Ajay wird gesprochen wie Adschai
** Asha wird gesprochen wie Ascha

Deshalb baute Onkel Lal in Pahalata ein Haus und legte eine Obstplantage an. Wenn wir in Delhi sind, freuen wir uns immer auf die Zeit im Herbst, weil er uns dann eine Kiste Äpfel schickt. Sie heißen «Golden Delicious» und sind wirklich goldgelb und schmecken herrlich.

Wir haben keine Obstplantage, sondern einen Garten um unser Haus in Delhi. In einem Teil wächst alles wild durcheinander, ideal für Vögel und andere Tiere. Mama und Papa lieben Tiere, und wir Kinder auch.

An dieser wilden Stelle im Garten wächst auch Bambus. Deen* und ich fanden eines Tages heraus, daß das ein wunderbares Versteck war. Wenn man den Bambus zur Seite schob, konnte man hineinschlüpfen. Der Bambus schloß sich wieder, und niemand konnte sehen, daß wir dahinter waren.

Deen hat einen Boxer, genannt Bhuti. Er macht manchmal dumme Sachen. Aber welcher Hund tut das nicht? Bhuti ist sehr klug und stark und mutig. Ich glaube, er mag mich genauso gern, wie er Deen mag.

Bhuti schien über unser Versteck auch so erfreut zu sein wie wir. Er sprang, bellte und tanzte sogar einige Zeit auf seinen Hinterbeinen.

»Ich habe eine Idee!« rief Deen. »Wir wollen Gras und trockene Zweige sammeln und ein Dach bauen.«

Ach, du liebe Zeit! Ich vergaß ganz zu erzählen, daß zu unserem Sommerabenteuer nicht nur unsere Familie gehört, sondern auch unsere beiden engen Freunde, Deen* und Shanti** Mehta. Sie wohnen in der Nähe von uns und kommen immer, um mit uns zu spielen. Deen ist zehn und Shanti acht. Da ihre und unsere Eltern befreundet sind, sind wir fast wie eine große Familie.

Deens Vater ist Hauptmann Mehta. Er ist zwar nicht

---

* Deen wird gesprochen wie *Dien*
** Shanti wird gesprochen wie *Schanti*

mit uns verwandt, aber doch wie ein richtiger Onkel für uns. Er ist Ingenieur, wohnt in Delhi und arbeitet für die Armee in ganz Indien.

Natürlich gefiel uns Deens Idee mit dem Dach. Wir vier machten uns gleich an die Arbeit, rissen Gras aus, sammelten ganze Berge davon und trugen es zu unserem Versteck. Deen konnte so gut Dächer bauen, daß dieses fast wasserdicht wurde. Wir stellten eine Truhe hinein und hoben darin Bücher und Spielsachen auf.

Dieses Versteck konnten wir so gut gebrauchen, um »Räuber und Gendarm« zu spielen. Manchmal war es das Versteck der Räuber, ein andermal das Gefängnis.

Ihr wißt ja, wie manche Spiele sehr beliebt werden und dann plötzlich wieder vergessen sind. Dafür kommt dann ein anderes. Ehe wir in diesem Jahr nach Pahalata fuhren, war das Spiel »Spione und Detektive« die große Sache. Es hatte sich irgendwie aus unserem Spiel »Räuber und Gendarm« entwickelt.

Eines Abends saßen Mama und Papa mit Onkel Lal im Garten. Wir planten das neue Spiel. Jeder mußte ganz leise sein. Es war sehr geheim und aufregend. Plötzlich gab es einen großen Wirbel, und ich konnte den Spion beinahe fangen. Es war Deen. Als er durch ein Loch in unser Versteck schaute, entdeckte ich ihn. Er versuchte, aus unserer Kiste den streng geheimen Plan für das indische neue Atomflugzeug zu stehlen.

»Sie sind verhaftet!« rief ich laut.

Der »Spion« rannte weg, ich als Detektiv hinterher. Vor lauter Aufregung merkten wir gar nicht, daß der Detektiv den Spion genau zu Mama, Papa und Onkel Lal jagte. Als wir es merkten, war es schon zu spät. Wir warfen aus Versehen den Tisch um, und die Getränke ergossen sich über Onkel Lals schicke Uniform.

Papa war zornig. Er sprang auf und rief: »Was macht ihr denn hier? Ich möchte meine Besucher nicht auf diese Weise behandelt haben.«

»Es tut uns leid« war alles, was wir darauf sagen konnten.

»Es tut euch leid!« rief Papa. »Das wird wohl nicht reichen, um Onkel Lals Uniform zu reinigen!«

»Laßt mich einmal raten«, sagte Onkel Lal. »Ich glaube, ihr habt ›Räuber und Gendarm‹ gespielt.«

»Spione und Detektive«, berichtete ihm Deen.

»Na gut«, erwiderte er. »Von diesem Spiel habe ich noch nie etwas gehört. Aber ich bin erwachsen und kenne mich mit solchen Spielen nicht mehr so recht aus.«

»Dieser Zwischenfall tut mir aufrichtig leid«, sagte Papa.

Aber Onkel Lal legte eine Hand auf Deens Schulter und fragte: »Ich glaube, du bist der Spion und Asha der Detektiv?«

»Ja, Sir«, bestätigte Deen.

»Und du wurdest gefangen?« fuhr er fort.

»Nein, Sir!« war die schnelle Antwort. Er hielt einige Papiere hoch über seinen Kopf. »Schauen Sie hier, ich habe immer noch die Geheimpläne.«

Dann rannte Deen wieder weg. Ich rannte ihm nach, aber er war so schnell, daß ich ihn nicht fangen konnte. Eigentlich fühlte ich mich auch nicht gut, weil wir den Tisch umgeworfen hatten. Deshalb rannte ich wahrscheinlich nicht so schnell wie sonst. Ich wollte nicht noch mehr Ärger machen.

Nach einer Weile ging ich zurück zu dem Tisch, den Mama wieder in Ordnung gebracht hatte. Papa und Onkel Lal unterhielten sich. Als ich gerade am Tisch vorbeikam, hörte ich Onkel Lal zu Papa sagen: »War das nicht ein Zufall, daß wir uns heimlich über einen Spion unterhalten wollten und die Kinder gerade in der Zeit ›Spione‹ spielten? Ich überlege, ob wir nicht einen Platz suchen sollten, wo uns bestimmt keine Diener hören können, und da die Kinder ins Vertrauen ziehen.«

Es wäre gut gewesen, wenn mich jemand in diesem

Augenblick fotografiert hätte, denn meine Augen wurden bestimmt immer größer und größer, als ich das hörte, und mein Gesicht glühte vor Erregung.

»Ja«, sagte Papa nachdenklich. »Ich glaube, das könnten wir tun. Deen und Asha sind für ihr Alter sehr reif, trotz des schlechten Benehmens, das sie sich gerade geleistet haben. Ajay ist auch ein vernünftiger Junge, obwohl er erst acht Jahre alt ist. Wenn sie wissen, daß es ein Geheimnis ist, werden sie zu niemandem etwas sagen.«

»Ja«, stimmte Mama zu, »ich glaube auch, ihr solltet es ihnen erzählen. Wenn wir Ende des Monats nach Pahalata kommen, werden sie sich überall auf Entdeckungsreisen begeben. Sie könnten leicht etwas entdecken, was ein Erwachsener übersieht. Der Spion wäre nicht so vorsichtig, wenn er nur Kinder herumrennen sieht. Er könnte jedoch leicht Verdacht schöpfen, wenn er merkt, daß die Armee hinter seine Tricks gekommen ist und nach ihm sucht.«

»In Bombay ist seit kurzem Leutnant Ram stationiert«, fuhr General Lal fort. »Er ist ein Fachmann für Spione. Wir würden ihn gerne nach Pahalata schicken, aber wir fürchten, der Spion merkt, daß wir einiges von ihm wissen.«

»Wie heißt der Fachmann, den du gerade genannt hast?«

»Ram – Leutnant Ram. Er ist ein Mann mit großem Scharfsinn und Mut.«

»Ich kannte auf der Universität jemand, der Ram hieß. Aber er war ein hoffnungsloser Feigling. Es kann also nicht derselbe sein.«

Nun konnte ich nicht länger still bleiben und platzte heraus: »Wenn ihr einen geheimen Platz sucht, wie wäre es mit unserem Versteck?«

»Was hast du für komische Ideen!« rief Papa. Er schaute Onkel Lal an, als müßte er sich für mich entschuldigen.

Aber Onkel Lal sagte zu mir: »Sehr gut. Vielleicht

bringt mich euer Versteck auf einige Gedanken, die ich in der Armee verwenden kann.«

So gingen wir zu unserem Versteck – Onkel Lal, Papa, Mama, Ajay und ich, dazu noch Deen, der zurückgekommen war und hoffte, wir würden unser Spiel »Spione und Detektive« weiterspielen. Shanti hatte keine Lust mehr zu Spielen gehabt und war nach Hause gegangen. Es waren nur ein paar Minuten von uns zu ihnen.

»Meine Güte!« rief Onkel Lal überrascht aus, als er unser Versteck im Bambus sah. »Dies ist ein tolles Versteck. Ich habe noch nie gesehen, daß ein Soldat in der Wildnis ein besseres Versteck gebaut hat als dieses.«

»Ja, ja, die Kinder sind schlau!« fügte Papa hinzu. Mama schien froh darüber zu sein, daß er uns lobte, weil er sonst oft mit uns schimpfen mußte. Ich hatte bisher nie bemerkt, wie groß unser Versteck war. Als wir jetzt alle drinnen waren, stellten wir fest, daß wir genug Platz hatten. Wir saßen alle auf dem Boden, denn wir hatten keine Stühle. Aber das machte alles noch geheimnisvoller und aufregender.

Nichts war jedoch aufregender als Onkel Lals nächsten Worte. Vielleicht sollte ich statt »Onkel Lal« lieber »General Lal« sagen. Denn was er zu sagen hatte, machte unseren geheimen Platz zu etwas Besonderem für den Rest unseres Lebens.

»Ich stimme deiner Mutter zu, Asha«, sagte der General. »Ihr Kinder könnt vielleicht Dinge tun, die ich mit meinen Leuten nicht kann. Wir Armeeleute sind zu auffällig, aber ihr werdet nicht so bemerkt werden.« Das folgende sagte er zweimal, um es besonders zu betonen: »Ihr dürft niemals – nur wenn ihr allein seid und euch auch ganz bestimmt kein Diener hören kann – über das sprechen, was ich euch jetzt sage.«

»Wir werden nichts sagen«, flüsterte ich.

»Das versprechen wir«, sagte Deen.

»Ich auch«, fügte Ajay hinzu.

Der General schien zufrieden und fuhr fort: »Wie ihr wißt, ist das Gebiet um Pahalata ein spezieller Ausbildungsplatz für die Armee. Aber was ihr nicht wißt, ist, daß es auch ein Geheimplatz ist, wo ein besonderes Projekt aufgebaut wird. Ich sage euch das ganz im Vertrauen, und ihr müßt meine Worte geheimhalten.«

Mir lief es vor Aufregung kalt über den Rücken. Ich schaute zu Deen und sah, daß er seine Augen fest geschlossen hatte, als ob er damit zeigen wollte, daß wir jedes Geheimnis für uns behalten würden. Ich wußte, daß Ajay genauso gespannt war wie Deen und ich.

Der General griff hinüber zum Eingang unseres Verstecks und schob den Bambus zur Seite. Dann schaute er vorsichtig nach draußen.

»Ich bin sicher, daß uns niemand beobachtet hat, als wir hier hineingingen«, sagte Mama. »Die Jalousien sind alle heruntergelassen auf dieser Seite des Hauses, und die Diener sind drinnen.«

Der General schloß den Eingang zum Versteck und senkte seine Stimme fast zu einem Flüstern: »Das Hauptquartier in Delhi glaubt, daß eine ausländische Regierung gern Einzelheiten darüber wissen möchte, was wir in Pahalata tun. Sie hat anscheinend einen Spion hergeschickt.«

»Einen richtigen Spion?« fragte Deen.

Ich stieß ihn leicht am Arm und flüsterte: »Laß uns zuhören, was der General zu sagen hat.«

»Viele Leute wissen, daß Pahalata ein Übungsgebiet für Grenzsoldaten ist«, erzählte der Onkel weiter. »Das ist kein Geheimnis. Es gibt aber etwas anderes, etwas sehr Wichtiges, was wir dort tun, und das ist sehr geheim. Wir möchten nicht, daß irgend jemand davon erfährt. Ich werde euch eine kurze Erklärung geben, damit ihr versteht, wonach der Spion sucht.«

»Ja bitte«, rief Deen, »erklär uns das!«

»Sei still, Deen!« ermahnte ich ihn.

Aber Onkel Lal lächelte und fuhr fort: »Wir haben angefangen, ein großes Wasserkraftwerk zu bauen. Obwohl wir hoffen, daß niemand außerhalb des Gebietes etwas davon weiß, sind wir nicht sicher, und ich denke, daß ein Spion schon etwas ahnen könnte.«

Deen pfiff leise. Ich ermahnte ihn nicht, schaute ihn aber an und runzelte die Stirn.

»Kennt ihr den Wasserfall ›Lumba Pani‹ oben in den Bergen?« fragte der General.

»Es ist ein wunderbarer Platz für Picknick«, sagte ich.

Der General erwiderte: »Lumba Pani ist jetzt mehr als nur ein Picknickplatz.«

»Das Wasserkraftwerk?« fragte Papa.

»Wir haben am Fuß des Wasserfalls schon die Fundamente für einen großen Damm gelegt. Wir glauben, daß dieser Damm genug Elektrizität liefern wird, um damit eine Versuchsstation für Atomstrom zu betreiben, die wir auch bauen wollen. Wir müssen beim Bau des Dammes sehr vorsichtig sein, damit sich niemand Fremdes daran zu schaffen macht. Zum Beispiel könnte jemand eine kleine Bombe anbringen. Die könnte später durch Fernsteuerung explodieren und den Damm zerstören. Die große Wasserkraft aus dem See würde alles wegspülen, auch die Versuchsstation. Wir würden dadurch in unseren Plänen um Jahre zurückgeworfen, eine Menge Arbeit wäre umsonst und das Geld unnütz ausgegeben. Ihr versteht nun, warum bei den Bauarbeiten jeder Schritt sorgfältig überwacht werden muß, damit so etwas nicht passiert.«

»Und Sie glauben wirklich, wir könnten mit aufpassen und schauen, ob irgendwo ein Spion ist?« fragte Deen.

Dieses Mal runzelte ich nicht die Stirn, denn mir lag dieselbe Frage auf der Zunge.

»Das kann ich nicht sicher sagen«, erwiderte der General. »Alles, was wir euch jetzt sagen können, ist, daß ihr euch umschauen und genau aufpassen sollt. Wenn ihr irgend jemand seht, der sich besonders für unsere militärischen Einrichtungen interessiert oder zu interessieren scheint, dann findet heraus, wer er ist, was er tut und wo er wohnt.«

»Detektive«, flüsterte ich, »wir werden richtige Detektive sein!«

2. Die Zigeuner

Macht ihr auch Striche im Kalender?

Ich tue das – vor Weihnachten, meinem Geburtstag oder zu anderen besonderen Gelegenheiten.

Natürlich strich ich die Tage vor dem 1. Juni an, denn am 1. Juni wollten wir nach Pahalata fahren. Wir lieben diese Reise in die Berge. Dort wohnt man viel schöner als in Delhi, wo es so viele Häuser gibt, die Luft durch die Auspuffgase verpestet ist und im Sommer große Hitze herrscht.

Als wir noch kleiner waren, brachten uns unsere Eltern jedes Jahr für zwei bis drei Monate in die Berge. Mama blieb bei uns, während Papa zurück in die Stadt fuhr. Jetzt aber, wo wir in Delhi Elektrizität haben und Ventilatoren und eine Klimaanlage, bleiben wir nur während des ganz heißen Wetters von Anfang Juni bis zur Regenzeit, etwa Anfang Juli, in den Bergen.

Wie ich bereits sagte, ist Papa bei der Armee beschäftigt und hat während des Sommers oft in Pahalata zu arbeiten. Das bedeutet, daß er ab und zu nach Delhi zurückfahren muß. Mama, Ajay und ich bleiben aber die ganze Zeit über in den Bergen. Ach, ich vergaß, daß unser Baby Nirmala natürlich auch immer bei uns ist.

Ajay liebt die Berge genauso sehr wie ich. Leider hat er aus irgendeinem Grund öfters Schwierigkeiten mit seinem Magen. Mama meint, es liegt an der Höhenluft oder dem Wasser aus den Bergen. Wenn man den Sand beim Fluß anschaut, glitzert er von kleinen Stückchen Glimmer, die im Wasser sind.

Einige Tage, bevor wir Delhi verlassen wollten, gab es eine große Überraschung für uns.

Deen rannte auf unser Haus zu, Bhuti jagte hinter ihm her. »Asha, Asha«, rief er laut.

»Sag ihm, er soll reinkommen«, sagte Mama. Sie war gerade oben bei Nirmala, aber man konnte Deen im ganzen Haus hören.

Als ich die Türe öffnete, rief Deen gleich: »Die Armee schickt unseren Vater nach Pahalata. Weißt du, wegen dem Wasserkraftwerk, von dem uns Onkel Lal erzählt hat! Papa wird von der Armee hingeschickt, um einige Wochen daran zu arbeiten.«

»Dann bist du auch dort, wenn wir da sind«, freute ich mich.

»Wir fahren morgen früh ab!« Deen schrie es fast.

Im Sommer davor war Deen auch in Pahalata. Die Armee baute damals einige Brücken und brauchte einen Ingenieur. So wurde Hauptmann Mehta mit seiner Familie nach Pahalata geschickt, und Ajay und ich konnten mit Deen und Shanti spielen. Es war herrlich.

Dieses Jahr fing ich wieder eine Woche vor der Abfahrt an, meinen Koffer zu packen. Es machte so viel Spaß, alles für die Reise vorzubereiten. Ich packte ein und aus, probierte es anders und dann wieder anders.

Mama lachte: »Du wirst noch ganz durcheinander von all dem Packen. Am Ende weißt du nicht mehr, was du einpacken mußt und was nicht«, neckte sie mich.

Mama und ich umarmten uns. Das tun wir oft bei solchen Gelegenheiten. Ich fühle mich dann so glücklich, und an ihrem lächelnden Gesicht kann ich sehen, daß sie auch glücklich ist.

Manchmal fühlt sich Mama nicht wohl. Dann freue ich mich, wenn ich irgend etwas tun kann, damit sie ein wenig lächelt.

Papa hatte ein Sommerhaus im Wald gemietet. Als Hauptmann der Armee hätte er ein Haus auf dem Militärgelände haben können. Da das jedoch 200 Meter tiefer als die Hauptstraße lag, wäre es für Mama sehr ermüdend geworden, immer rauf- und runterzusteigen. Sie ist zwar noch jung und eine wunderbare, hübsche Mama, die gern mit uns spielt. Aber seit der Geburt von Nirmala hat sie sich noch nicht richtig erholt. Sie meint, sie wird bald wieder stark genug sein, wenn sie erst einmal mit dem Stillen aufgehört hat.

Nirmala ist jetzt acht Monate alt, aber sie mag noch keine Kuhmilch aus der Tasse trinken. Ich füttere sie gern mit einem Löffel, aber sie verspritzt so viel über uns beide und verschluckt sich oft so, daß ich Angst bekomme. Natürlich fühle ich mich sehr erwachsen, wenn ich sie auf meine Schulter lege und ihren Rücken klopfe, damit sie ihr »Bäuerchen« macht.

Die Ferien in den Bergen sind jedes Jahr eine herrliche Zeit für Mama. Dafür sorgt Papa. Er ist so rücksichtsvoll und liebt sie sehr. Wir nehmen eine Koch, einen Träger und ein Mädchen mit, damit Mama viel Zeit hat, um mit uns zu spielen und spazierenzugehen. Wenn wir spazierengehen, nehmen wir Nirmala in einem »Kandi« (Korb) auf dem Rücken des Mädchens mit. Sie ist ein Bergmädchen und daran gewöhnt, Körbe auf diese Weise zu tragen.

Ich sollte noch etwas erwähnen, denn es ist wichtig für das, was in den Bergen geschah: Bevor wir diesmal nach Pahalata fuhren, kam Onkel Lal oft, um Papa zu besuchen. Sie flüsterten meistens, und wir waren sicher, daß es sich um den Spion handelte. Aus irgendeinem Grund wurde uns Kindern jedoch nichts gesagt.

Kurz bevor er ging, sah Onkel Lal einmal ein Armband an meinem Arm.

»Ich habe dieses Armband jahrelang nicht gesehen«, sagte er. Er wandte sich an Mama und fragte: »Hast du das nicht von einer Zigeunerin bekommen? Zusammen mit irgendeinem Buch – ein Heiliges Buch, wenn ich mich recht erinnere?«

»Ich muß sagen, du hast ein ausgezeichnetes Gedächtnis«, lachte Mama, »obwohl du mein Bruder bist.«

»Was meinst du denn, wie er General wurde?« fragte Papa, ebenfalls lachend.

»Du kannst das Armband behalten«, sagte Mama zu mir. »Aber paß gut darauf auf.«

»Das tue ich bestimmt«, versprach ich. Von dem Tag an wurde das Armband mein kostbarster Besitz.

Onkel Lal fuhr an diesem Tag zurück nach Pahalata.

Langsam verging die Zeit. Jeden Abend nahm ich einen Rotstift und strich einen Tag am Kalender ab. 25. Mai – 26. Mai – 27. Mai...

Endlich kam der 1. Juni.

Mama weckte uns früh auf. Ich habe bereits gesagt, daß ich gerne packe. Wir hatten viel Gepäck. Der Dachgepäckträger auf unserem Auto war mit unserem Bettzeug gefüllt, während die Koffer in einen kleinen Anhänger gepackt wurden, den Papa mitgebracht hatte.

Endlich war alles eingepackt. Wir frühstückten zusammen. Ajay und ich waren jedoch so aufgeregt, wir konnten nicht viel essen. Nachdem Mama Nirmala gefüttert hatte, machten wir uns auf den Weg.

Etwa auf halbem Weg nach Pahalata gibt es einen wunderschönen Platz, genannt »Ruheplatz der Rehe«, wo ein Restaurant auf dem Wasser liegt. Wir halten dort immer, um Mittag zu essen. In dem Restaurant gibt es auch Eis und kalte Getränke.

»Ich könnte hier den ganzen Tag bleiben«, sagte ich nach dem Essen.

»Es ist herrlich hier«, stimmte Mama zu. »Aber wir wollen auf unserem Weg noch andere Dinge sehen, und es dauert noch mehrere Stunden, ehe wir in unserem Sommerhaus sind.«

»Wenn wir in die Nähe der Berge kommen, zeigen wir euch eine Ruinenstadt, die wir vor zwei oder drei Jahren einmal besichtigten«, versprach Papa.

»Damals mußten wir das Auto stehenlassen und zwei Stunden über die Berge wandern. Sogar durch einen kleinen Fluß mußten wir waten«, fügte Mama hinzu.

»Aber jetzt gibt es eine Brücke«, erzählte Papa, »so daß wir den Wagen mitnehmen können.«

Ich glaube, Papa gefiel es nicht, daß Mama uns davon erzählte, was damals bei ihrer Wanderung zu der alten Stadt passierte: Sie mußten ihre Schuhe ausziehen und durch einen kleinen Fluß waten. Papa wollte sich nicht die Mühe machen und seine Schuhe an den Schnürsenkeln zusammengebunden um den Hals tragen, wie es Mama machte. Er warf seine Schuhe über den Fluß.

Das heißt, er wollte sie hinüber werfen. Ein Schuh fiel jedoch ins Wasser und wurde von der Strömung weggetragen. Papa mußte sich ein Taschentuch um den Fuß wickeln und, so gut es ging, mit einem Schuh weiterhinken. Der Weg zum Auto schien sehr weit zu sein, so erinnerte er sich.

»Ich erzähle euch mehr über die alte Stadt, wenn wir dort sind«, sagte er beim Fahren. »Es war einmal die Hauptstadt eines kleinen Königreiches. Nun ist alles zerstört. Nur an einigen Stellen im Tal kann man zerbrochene Steinsäulen und schön gemeißelte Tiere finden.«

Ich war gespannt auf die Ruinenstadt.

Papas und Mamas Erlebnisse mit diesem Fluß ließen mich an einen kleinen Fluß in der Nähe unseres Sommerhauses denken. Doch davon später mehr. Laßt mich jetzt nur erwähnen, daß es sich um einen verschwindenden Fluß handelt. Ja, wirklich – der Fluß verschwindet! Deen und ich fanden ihn im letzten Sommer. Aber das war am Ende der Ferien, und wir hatten keine Zeit mehr, die Sache genau zu untersuchen und festzustellen, wohin er verschwindet.

Als wir ein Tal hinunterfuhren, sagte Mama plötzlich: »Seid mal alle still. Ich glaube, ich höre Musik.«

Wir blieben still, und Papa fuhr ganz langsam.

Plötzlich konnten wir alle Zigeunermusik hören. Einige Zigeuner spielten Geigen und Trommeln. Als wir um die nächste Kurve fuhren, sahen wir sie. Und als wir ins Tal hineinfuhren, sahen wir einen Jahrmarkt, der nahe bei der Ruinenstadt abgehalten wurde, gleich am sandigen Ufer des Flusses.

Auf einer Seite stand ein Zigeunerlager. Eine Gruppe Zigeuner machte die Musik, und einige sangen und tanzten. Wie herrlich stampften sie und wirbelten herum. Meine Fußzehen klopften bald im Rhythmus dieser Musik.

Ich liebe Jahrmärkte. Es gibt da so viele interessante Stände, wo man fast alles kaufen kann. Zum Beispiel viele würzige, gekochte Sachen und natürlich Süßigkeiten. Süßigkeiten vom Jahrmarkt schmeckten immer besser als Süßigkeiten aus dem Laden in der Stadt. Ajay stimmt mir darin zu.

Dieser Jahrmarkt würde etwas Besonderes sein mit all den Zigeunern. »Schau, Asha!« rief Ajay. »Schau dir diese sonderbaren kleinen Zelte an, die sie haben.«

»Sie sind aus alten, getrockneten Büffelhäuten gemacht, die über gebogene Holzstücke gespannt wurden«, erklärte Papa.

Überall sah man Zigeuner und Zigeunerinnen und Scharen von zerlumpten Kindern. Es gab Jagdhunde, die mit langen Lederriemen an Pflöcke angebunden waren.

»Zigeuner sorgen besonders gut für ihre Hunde«, erklärte Papa. »Sie sind von ihnen abhängig, wenn es um das Essen geht.«

»Sind es Jagdhunde?« fragte Ajay.

»Natürlich« erwiderte Papa.

»Sie sehen ein bißchen wie Windhunde aus«, sagte ich.

»Sie sind in gewisser Weise wie Windhunde«, bestätigte Papa. »Sie sind darauf abgerichtet, Schakale zu fangen, weil das für manche Zigeunerfamilien das Hauptnahrungsmittel ist.«

»Wißt ihr, die Zigeuner sind immer auf Fahrt. Sie haben keine Felder oder Gärten wie andere Leute. Darum essen sie manchmal merkwürdige Sachen«, erzählte Mama.

»Was für merkwürdige Sachen?« fragte ich.

»Ich besuchte einmal ein Zigeunerlager«, sagte Mama.

»Hast du damals das Armband bekommen?« fragte ich und hielt meinen Arm hoch.

»Nein«, erwiderte sie. »Das war nicht dort. Das war, als die Zigeunerin Nani zu uns kam und bei uns wohnte. Sie gab mir ihr Heiliges Buch.«

»Sind Bilder drin?« wollte Ajay wissen.

Ajay und ich lieben Bücher. Ich mag Bilder auch gerne, aber Ajay liest ein Buch nur, wenn Bilder darin sind.

»Was ist dann passiert, Mama?« fragte ich.

»Ach, eigentlich nichts«, erwiderte Mama.

»Bitte, erzähl uns doch!«

Ich konnte sehen, daß sie nichts sagen wollte. Aber da ich neugierig bin, wollte ich es so gerne wissen.

»Bitte, Mama«, drängte ich.

»Nun sei still, Asha«, schimpfte Papa. »Wenn Mama es nicht erzählen will, wollen wir es dabei belassen.«

Ich setzte mich zurück und machte ein enttäuschtes Gesicht. Mama drehte sich um und sah meine Enttäuschung.

»Ach, ich kann es ruhig erzählen«. sagte sie.

»Gut!« Ajay klatschte in die Hände.

»Hast du von ihrem Essen gegessen?« fragte ich.

»Ja, das tat ich«. erwiderte Mama. »Sie hatten etwas, das in Ton eingewickelt war und über dem offenen Feuer gebraten wurde. Es schmeckte hervorragend. Das Fleisch war weiß und süß.«

»Was war es?« fragte ich.

»Es war Schlangenfleisch«, entgegnete Mama ruhig.

»Eine Schlange?« Ich hielt die Luft an.

»Ich würde in hunderttausend Jahren keine Schlange essen!« rief Ajay.

»Zuerst wollten mir die Zigeuner nicht sagen, was ich da aß. Als sie jedoch sahen, wie gut es mir schmeckte, sagten sie es doch. Mir wurde fast schlecht. Trotzdem schmeckte es so gut, daß ich weiteraß.«

»Ich würde gar nicht erst mit dem Essen anfangen!« erklärte Ajay.

Wir lachten alle.

Scheinbar dachte Ajay, wir würden ihn auslachen. Er wechselte das Thema, zeigte nach vorne und fragte: »Was ist das für eine Stange, die da aufgestellt wird?«

»Ich weiß nicht«, antwortete ich. Ich tippte Mama auf ihren Arm und fragte: »Was ist das?«

Ehe Mama antworten konnte, rief Papa aufgeregt: »Hm, hm ... Ich weiß nicht recht ... Ja, ich glaube, ich habe recht.«

»Womit hast du recht?« fragte Ajay.

»Sie bauen etwas auf, ja, ich bin sicher«, fuhr Papa fort. »Sie bauen eine Halterung für Seiltanzen auf.«

»Die Zigeuner?« fragte ich.

»Die Zigeuner«, erwiderte Papa. »Und wir müssen natürlich anhalten und zuschauen. Sie können oft sehr gut Seiltanzen.«

Er fuhr das Auto vom Straßenrand weg an eine Stelle, wo man eine gute Aussicht auf alles hatte.

»Während wir warten«, fuhr Papa fort, »will ich euch eine wahre Geschichte erzählen; das heißt, ich hoffe, daß sie wahr ist. Ich erwähnte sie bereits; sie geschah hier vor mehreren hundert Jahren.

Es war der Geburtstag des Königs. Die ganze Stadt

plante ein großes Fest. Eine Gruppe Zigeuner, die Seiltanzen konnten, war angekommen. Zum Erstaunen aller sagten sie, daß eine ihrer Frauen auf dem Seil über den Fluß gehen würde. Das würde ein tolles Kunststück werden, denn die Felsen waren viele Meter hoch und etwa 120 Meter weit auseinander.

Der König war so überrascht, daß er der Frau, die das wirklich täte, einen Sack voll Goldstücke versprach. Nun könnt ihr euch die Aufregung vorstellen!

Der Königsthron wurde aus dem Palast geholt und genau da hingestellt, wo das Seil über die Felsen kam. Neben dem König stand ein Sack voll Gold, der von zwei Soldaten bewacht wurde. Dann begann die Frau unter dem Klang von Trommeln und Zimbeln über das Seil zu gehen. Niemand, erst recht nicht der König, dachte, daß sie das wirklich tun könnte. Aber sie balancierte mit einer langen Stange langsam und vorsichtig über das Seil. Sie ging über den Fluß auf den König zu.

Sie ging ein Viertel des Weges!

die Hälfte!

Die Leute begannen, nicht nur auf die Frau, sondern auch auf den König zu schauen, denn er war als selbstsüchtiger Geizhals bekannt. Er hatte nicht erwartet, daß er seinen Sack voll Gold verlieren könnte! Es sollte nur so aussehen, als ob er großzügig wäre!

Er machte sich Sorgen.

Was konnte er tun?

Er konnte der Zigeunerin das Gold nicht verweigern, wenn sie auf seiner Seite ankam, sonst würde er sein Gesicht verlieren.

Ah, dachte er, wenn, wenn ...

Plötzlich kam ihm ein schlimmer Gedanke. Er stand auf und begann das Seil hin- und herzuschaukeln. Dabei rief er: Ja, ich will dir das Gold geben, aber nur, *wenn* du auf die andere Seite kommst. Nur *wenn*!

Er bewegte das Seil stärker und stärker. Die Frau verlor das Gleichgewicht und stürzte hinunter.

Zehn Jahre später war die prächtige Stadt zerstört. Die Geschichte sagt uns nicht, wie das geschehen ist. Vielleicht durch eine siegreiche Armee oder ein Erdbeben oder einen Erdrutsch. Aber jetzt sehen Besucher wie wir nur einige übriggebliebene Ruinen. Das ist alles.«

»Wie kann man nur so grausam sein!« rief Mama, als Papa die Geschichte fertig erzählt hatte.

»So ein böser König!« fügte Ajay hinzu.

»Und wie traurig war das«, meinte ich.

Ihr könnt euch sicher vorstellen, daß es uns nach dieser Geschichte mehr denn je interessierte, den Zigeunern zuzuschauen. Wie schnell spannten sie das Seil zwischen den beiden Pfosten! Bald war alles fertig.

»Schaut!« rief Ajay und zeigte mit dem Finger. »Ein Zigeuner steigt die Leiter hinauf.« Natürlich konnten wir genau dasselbe sehen wie Ajay, aber er denkt manchmal, er würde alles eher sehen als andere Leute. Ich wollte ihm das gerade sagen, aber Mama schaute mich an und runzelte einen Augenblick die Stirn. So schwieg ich.

Als der Zigeuner auf das Seil stieg und anfing, darauf zu laufen, wurde ich kribbelig.

Er stand auf einem Bein.

Er dreht sich um.

Er schlug sogar einen Purzelbaum.

Plötzlich schrie Ajay: »Er fällt!«

Es schien, als wenn der Mann beinahe sein Gleichgewicht verloren hätte.

»Macht euch keine Sorgen«, beruhigte uns Papa. »Er hat das absichtlich getan, damit es schwieriger aussieht und wir Angst bekommen.«

Der Mann ging nicht nur an das andere Ende des Seils, sondern drehte sich um und machte auf dem Rückweg noch aufregendere Dinge als vorher.

Wir klatschten und klatschten.

Das taten die anderen Leute auch.

Dann kam eine Zigeunerin mit einem Kopftuch in den Händen vorbei. So konnten die Leute ihre Dankbarkeit nicht nur durch Klatschen zeigen, sondern sie konnten Geld geben.

»Dürfen wir ihr etwas geben?« fragte ich.

»Wäre es nicht schrecklich selbstsüchtig von uns, wenn wir uns diese gute Schau ansehen, ohne etwas dafür zu bezahlen?« erwiderte Papa.

Er gab jedem von uns Geld, das wir in das Kopftuch legten.

»Dürfen wir uns Süßigkeiten kaufen?« fragte ich. Es gibt immer so tolle Sorten auf dem Jahrmarkt.

Papa gab uns Geld. Wir stiegen aus dem Auto und gingen zusammen an einen Stand, wo wir köstliche Süßigkeiten kauften.

Ajay kaufte eine Sorte, ich eine andere – so konnten wir teilen und beide Sorten genießen.

Papa rief, wir sollten uns beeilen, und ich lief zum Auto zurück.

»Wo ist Ajay?« fragte Mama, als ich beim Auto ankam.

Ich schaute mich erstaunt um und stellte fest, daß mein Bruder nirgends zu sehen war.

»Ich dachte, er wäre mit mir gekommen«, sagte ich. »Wir sind jedenfalls zusammen losgegangen.«

Ich machte mir Sorgen. Man kann im Jahrmarkttrummel so leicht verlorengehen. Ajay wollte immer alles wissen. Er war sehr neugierig. Genau wie ich.

Plötzlich rief Mama: »Liebe Zeit! Kann das Ajay sein, den diese drei ärgerlichen Männer aus ihrem Zelt herausschleppen?«

Natürlich! Es war mein Bruder!

Papa sprang aus dem Auto und lief hin.

Ich folgte ihm.

»Seid vorsichtig«, warnte Mama.

Wir waren schnell da und sahen, daß es wirlich Ajay

war. Er zappelte, kickte mit den Füßen und versuchte alles, um loszukommen. Die Männer schüttelten ihre Fäuste gegen ihn, und einige winkten mit Stöcken, als wenn sie ihn schlagen wollten.

»Sie wollen ihn umbringen!« rief ich aus und nahm Papas Hand.

»Halt! Halt!« rief Papa. »Was ist hier los?«

»Das ist unsere Sache, halten Sie sich da heraus!« schrie ein Zigeuner.

»Es mag ja Ihre Sache sein, aber der Junge ist mein Sohn!« sagte Papa.

Das änderte die Haltung der Männer natürlich sofort.

»Was hat er getan?« fragte Papa. »Warum sind Sie so böse auf ihn?«

»Würden Sie nicht zornig werden, wenn Sie einen fremden Jungen in Ihrem Zelt finden, der Ihre Sachen aus einer Kiste stehlen will?« schrie ein Mann. Sein Gesicht war vor Ärger so rot wie eine Tomate. »Ich habe ihn noch im richtigen Augenblick erwischt.«

»Glauben Sie, mein Junge würde in Ihr Zelt gehen, um zu stehlen?« fragte Papa. »Unmöglich!«

»Ich habe ihn mit meinen eigenen Händen erwischt!« erklärte der Mann.

»Da muß ein Irrtum vorliegen!« sagte Papa. »Er würde so etwas nicht tun.«

»Doch, er würde es wohl tun«, sagte der Mann dagegen, »und er hat es getan. Schauen Sie, was er noch in der Hand hält.«

Der Mann nahm einige Papiere aus Ajays Hand und hielt sie Papa hin.

»Ich bin der Chef dieser Truppe und das sind unsere privaten Papiere.« Der Mann war jetzt nicht mehr so aufgeregt. Ich glaube, er merkte, daß Papa bereit war, diese Sache aufzuklären. »Ich bin einer der wenigen in unserer Gruppe, der lesen kann. Ich fing Ihren Jungen. Er wollte diese Papiere stehlen.«

Inzwischen hatten sich viele Zigeuner um uns versammelt, und eine Menge anderer Leute ebenfalls. Es sah aus, als ob es wirklich Schwierigkeiten geben würde.

Aber Papa ist sehr klug. Er wußte, was er zu tun hatte, um die Sache in Ordnung zu bringen. Er zog seine Brieftasche heraus, und die Gesichter der Zigeuner veränderten sich, als sie sahen, daß sie voll Geld war.

»Es tut mir leid«, sagte Papa. »Ich entschuldige mich für das, was mein Sohn getan hat. Sie glauben mir sicher, ich weiß jetzt, daß er sich sehr schlecht benommen hat. Wenn wir heimkommen, werde ich ihn bestrafen.«

Dies schien dem Oberhaupt der Zigeuner zu gefallen. Aber er wandte den Blick nicht von Papas Brieftasche.

»Ich kann mir beim besten Willen nicht erklären, warum mein Junge Ihre Papiere nehmen wollte«, fuhr Papa fort. »Er muß übergeschnappt gewesen sein. Ja, ich werde ihn verhauen müssen.«

»Ach nein«, sagte eine nette alte Zigeunerin. »Bitte strafen Sie ihn nicht. Er sieht wie ein lieber Junge aus.«

Papa war inzwischen wirklich ärgerlich auf Ajay geworden. Die freundlichen Worte der Frau brachten ihn zum Lächeln. Er liebt Ajay sehr. Dann wurde er wieder ernst und sagte: »Das weiß ich nicht, aber ich weiß, daß er ein sehr ungezogener Junge ist.« Dann nahm Papa den Chef der Zigeuner auf die Seite und gab ihm Geld. Plötzlich hatte sich die ganze Atmosphäre verändert, und wir schienen auf einmal Freunde zu werden. »Bitte kommen Sie in mein Zelt«, bat der Chef. »Das tue ich gern«, erwiderte Papa. Er schaute zum Auto hin.

»Seine Frau ist bei ihm«, sagte eine der Frauen.

»Dann ist sie auch eingeladen«, sagte der Chef.

Ich rannte zum Auto, nahm Mamas Hand und zog sie fast zum Zigeunerzelt zurück.

Der Chef gab uns Tee. Ich weiß nicht, was für ein Tee es war. Er schien ganz anders zu sein als der normale Tee, aber er schmeckte sehr gut. Ich sah, wie der Chef etwas aus einer kleinen Flasche in seine und Papas Tasse goß. Papa sagte, das wäre der beste Tee, den er je getrunken hätte.

Der Chef sah sehr zufrieden aus und lachte und lachte.

Die Frauen waren sehr nett zu Mama. Einige kleine Mädchen kamen zu mir und starrten mich nur an. Das war wohl ihre Art, mir zu sagen, daß sie mich mochten, und ich wäre gerne ihre Freundin geworden.

Die nette, alte Frau, die Papa gebeten hatte, Ajay nicht zu strafen, kam jetzt zu mir und schaute auf meinen Arm. Zuerst wußte ich nicht, warum.

»Oh«, sagte sie leise. »Was für ein wunderschönes Armband.«

Aber ehe wir weiter darüber sprechen konnten, kam einer der Führer des Stammes, schob die alte Frau beiseite und sagte: »Wir wollen unsere Gäste nicht belästigen.«

Ich wußte nicht, warum er dachte, die Frau würde mich belästigen.

Obwohl es bei den Zigeunern sehr interessant war, wollte ich doch so schnell wie möglich nach Pahalata. Ich stieß Papa ein wenig an.

»Ihre Gastfreundschaft ist wunderbar«, sagte Papa zu dem Chef. »Aber wir haben noch eine lange Fahrt vor uns.«

Er versuchte aufzustehen, aber der Chef der Zigeuner zog ihn leicht am Hemd und bat ihn sitzenzubleiben.

»Wohin wollen Sie fahren, mein Freund?« fragte er.

»Hinauf in die Berge in den Urlaub«, antwortete Papa. »Wir fahren nach Pahalata.«

»Nach Pahalata?« fragte der Chef überrascht. »Dahin gehen wir auch.«

Nun unterhielten wir uns darüber und blieben noch ein bißchen länger. Dann standen wir alle auf und gingen zu unserem Wagen.

Sie begleiteten uns und waren sehr freundlich. Die

aufregendste Sache war – wenigstens für mich –, daß der Chef über Ajays Kopf strich. Ajay war so glücklich darüber, daß er beim Einsteigen fast hinfiel.

Als wir losfuhren, war Papa jedoch immer noch sehr, sehr zornig auf Ajay.

Er sagte ärgerlich: »Wenn ich dich nur nicht mitgenommen hätte! Ich werde mir überlegen, wie ich dich bestrafen kann. Ich habe zwar der Zigeunerin versprochen, dich nicht zu schlagen, aber ich werde mir etwas anderes ausdenken.«

»Es tut mir leid«, sagte Ajay.

»Warum hast du das eigentlich getan? Das war sehr ungezogen von dir.«

»Ich wollte nicht ungezogen sein«, antwortete Ajay. »Ich tat nur, was Onkel Lal wollte.«

»Onkel Lal?« rief Papa. »Was hat denn General Lal damit zu tun?«

»Er hat gesagt, wir sollten nach dem Spion Ausschau halten«, erwiderte mein Bruder. »Warum gehen sie nach Pahalata? Vielleicht hat jemand ihnen Geld gegeben, damit sie dort spionieren! Zigeuner können so etwas leicht machen. Ich dachte, ich würde ganz bestimmt etwas herausfinden, wenn ich ihre Papiere hätte.«

Papa blieb für einige Augenblicke still.

Mama streckte ihre Hand aus und streichelte Papas Arm. Sie sagte: »Ich glaube, Ajay dachte, er würde das Richtige tun, wenn er es auch ganz verkehrt angefangen hat. Meinst du nicht, daß er für einen Achtjährigen sehr tapfer war?«

Wir fuhren eine längere Strecke und schwiegen alle.

Dann sagte Papa: »Du darfst so etwas nie mehr tun, Ajay. Du hast es gut gemeint, aber du darfst den Spion niemals merken lassen, daß du hinter ihm her bist. Unsere Suche muß ganz geheim geschehen.«

»Dann bestrafst du Ajay nicht?« fragte ich erwartungsvoll.

»Unter diesen Umständen nicht«, erwiderte Papa.

»Oh, vielen Dank, Papa!« rief Ajay. In seine Augen traten Tränen und rollten über seine Wangen.

»Aber du mußt mir versprechen, daß du in Zukunft so etwas nicht mehr tust, ohne es voher genau mit Asha zu besprechen.«

Es machte mich glücklich und ich fühlte mich sehr wichtig, als ich Papa so etwas sagen hörte.

»Ich sage das, weil ich weiß, daß du, Asha, in diesen Dingen verständig genug bist«, erklärte Papa. »Es ist ungeheuer wichtig. Ihr müßt vernünftig sein, und ich vertraue euch, daß ihr es auch seid.«

Weiter und weiter fuhren wir.

Bald konnten wir in der Ferne die Bergkette des Himalaja sehen. Die Sommerhitze hatte einen Dunstschleier auf die Bergspitzen gelegt, so daß wir den ewigen Schnee und die Spitzen der Berge nicht sehen konnten. Wie wunderbar sind diese Bergspitzen. Wir erinnerten uns vom vergangenen Jahr daran.

»Ist das nicht toll, endlich Deen und Shanti wiederzusehen?« fragte ich.

»Nicht nur, sie zu sehen, sondern mit ihnen zu spielen«, warf Ajay ein.

»Natürlich, du Dummkopf«, schimpfte ich.

»Aber Kinder«, sagte Mama beruhigend, »fangt doch jetzt am Ende der Reise nicht an zu streiten.«

Unsere kleine Schwester wurde unruhig, und Mama war froh, als wir durch das Tor am Fuß der Berge fuhren. Nun war unsere Reise fast zu Ende.

Jetzt führte eine zweispurige Straße hier entlang, so daß niemand auf das Öffnen des Tores warten mußte. Wie schwierig war es in anderen Jahren gewesen, als wir genau im richtigen Moment am Tor ankommen mußten. Es konnte passieren, daß wir gerade einige Minuten nach dem Schließen des Tores ankamen und dann zwei Stunden warten mußten, während die Wagen von oben herunterfuhren. Das Tor ist immer noch da, aber niemand kümmert sich mehr darum, denn der Weg ist breit genug, daß die Autos in beiden Richtungen fahren können.

Mein Herz klopfte vor Aufregung, als wir das letzte Stück unserer Reise fuhren – die Serpentinen brachten uns 1500 Meter höher.

Auf halber Strecke fuhren wir über ein ausgetrocknetes Flußbett. Es sah ganz anders aus als im vergangenen Jahr. Als im letzten Jahr die Regenzeit begonnen hatte und wir in die Ebene zurückfuhren, war der Fluß zu einem tobenden Strom geworden. Der Wagen war fast weggespült worden, und ein Teil des Gepäcks, das die Kulis trugen, war verlorengegangen.

Wie würde der Fluß aussehen, wenn wir in diesem Jahr von unserem Urlaub zurückfuhren?

Ich dachte auch über den verschwindenden Fluß nach, den wir im vergangenen Sommer entdeckt hatten. Ich wollte so gerne mehr über ihn herausfinden.

Endlich kamen wir oben auf den niedrigeren Bergen an. Wir bogen nach rechts ab, fuhren den Gebirgskamm entlang und hatten die Aussicht auf die Ebenen im Süden und die schneebedeckten Berge im Norden.

»Es ist jeden Sommer herrlicher!« rief Mama aus.

Wir stimmten ihr alle zu.

Dann kamen wir endlich glücklich und müde an unserem Ziel an.

»Das war dieses Mal eine Rekordfahrt«, sagte Papa.

Ich dachte, es hätte länger gedauert als sonst. Wir hatten doch solange an der Ruinenstadt bei den Zigeunern gehalten.

Papa konnte anscheinend meine Gedanken lesen, denn er sagte:

»Oh, es war kein Zeitrekord, sondern ein Rekord, weil niemand krank wurde.«

»Mir war es ab und zu schwindelig», sagte ich.

»Und ich habe schlimme Kopfschmerzen«, fügte Mama hinzu.

»Das tut mir leid«, sagte Papa. »Trotzdem war es ein Rekord. Niemand war richtig krank.«

Ajay und ich streiften durch das Haus, um unser Sommerquartier von oben bis unten wiederzusehen.

»Ist es hier schön!« rief ich aus.

»Es ist ein tolles Sommerhaus«, sagte Ajay.

»Das ist nicht einfach ein Sommerhaus«, korrigierte ich ihn. »Vergiß nicht, daß es das Hauptquartier für die speziellen ›Khanna‹-Bergdetektive ist. Khanna, so heißen wir mit Nachnamen.

Das gefiel Ajay.

»Die Bergdetektive!« sagte er. »Und ich bin einer von ihnen!«

»Ich auch«, erinnerte ich ihn, »und Deen und Shanti ebenfalls.«

3. Lumba Pani

Als Ajay und ich Papa und den Dienern geholfen hatten, das Auto und den Anhänger auszupacken, hatte der Koch das Abendessen fertig. Obwohl wir gerade erst angekommen waren und alles ziemlich durcheinander war, sah der Eßtisch aus, als wenn wir schon wochenlang in den Bergen gewohnt hätten und irgendeinen Geburtstag oder eine andere große Sache feierten.

»Wir feiern den Beginn unserer Ferien«, sagte Papa, als ob er meine Gedanken lesen könnte.

Es gab Hähnchen und Maissuppe nach einem Rezept, das Mama von einer Reise mit Papa nach Hongkong mitgebracht hatte. Es war ein tolles Essen, genauso, wie Ajay und ich es liebten. Das Wasser lief uns im Mund zusammen, als wir unseren Reis ganz mit dem Fleisch und der Suppe bedeckten. Dazu gab es geschnitzelte Ko-

kosflocken, Rosinen, Erdnüsse, eingelegten Ingwer, grüne Paprika und Ananasstücke mit Mamas speziellen Gewürzen. Das alles machte es noch besser.

»Es war herrlich!« – Der Koch strahlte von einem Ohr zum anderen, als er Papas Kompliment hörte!

Um alles vollständig zu machen, tranken wir dazu einen köstlichen kühlen Mangosaft. Es war wie ein richtiges Fest. Zuerst dachte ich, ich wäre nicht hungrig. Aber da hatte ich mich geirrt!

»Das war gut«, lobte Mama. Diese Worte ließen den Koch noch einmal an der Küchentür erscheinen.

Dann sagte Papa: »Ja, es war lecker, aber ich verstehe nicht, warum du immer Schlafpulver in das Essen tust.«

»Wie bitte, Herr Hauptmann?« fragte der Koch. (Er nannte Papa immer Herr Hauptmann.) »Da ist nicht eine Prise Schlafpulver im Essen. So etwas würde ich nie tun.«

Der Koch nahm immer alles so ernst.

Aber dieses gute Essen hatte uns wirklich alle schläfrig gemacht, und wir gingen bald ins Bett. Die Gebirgsluft war frisch und kühl, so anders als in der Ebene. Es war ein schönes Gefühl, sich unter die Decken zu kuscheln.

»Mama«, rief Ajay.

»Was ist los, Ajay?« fragte Mama.

»Mein Bett bewegt sich dauernd!«

»Was tut dein Bett?« wollte Mama wissen.

»Es bewegt sich dauernd«, beschwerte sich Ajay.

Mama ging zu seinem Bett und lachte. »Mein kleiner Ajay«, rief sie. »Dein Bett bewegt sich überhaupt nicht. Du hast nur das Gefühl, als wenn du immer noch die vielen Kurven durchs Gebirge fahren würdest.«

»Oh«, hörte ich Ajay leise sagen.

Einen Augenblick später schlief er fest.

Ich konnte nicht so schnell einschlafen.

Als Mama kam und nach mir schaute, fragte ich: »Kommen die Mücken auch hierher?«

»Mach dir keine Sorgen«, antwortete Mama. »Weißt du nicht mehr, was Papa gesagt hat? In dieser Höhe gibt es keine gefährlichen.«

»Nicht die Sorte, die Malaria überträgt?« fragte ich.

»Nein«, erwiderte Mama. »Selbst wenn du einen oder zwei Stiche bekommst, besteht keine Gefahr. Mach dir also keine Gedanken darüber.« Ich machte mir auch keine Sorgen mehr. Während ich ihre letzten Worte hörte, schlief ich ein.

Es schien nur Augenblicke später zu sein, als die herrliche Morgensonne hinter den Bergen hervorkam und auf meinem Gesicht tanzte. Wer kann schlafen, wenn etwas auf dem Gesicht tanzt? Ich konnte das nicht und wachte auf. Sofort war ich hellwach.

Ich rief: »Ajay!«

»Laß ihn schlafen«, murmelte Mama halb im Schlaf. »Ruhe noch ein bißchen, Asha. Es ist ja kaum sechs Uhr!«

»Ich schlafe nicht mehr«, erklärte Ajay.

»Ich kann mir nicht vorstellen, wie ich noch einmal einschlafen soll«, rief ich.

»Gut, dann geht und wascht euch, zieht euch an und setzt euch ins Eßzimmer zum Frühstücken. Es ist sicher gleich fertig.«

»Weißt du was, Ajay«, fiel mir ein, als ich mich zu waschen begann. »Ich habe fast vergessen, daß Deen und Shanti schon hier sind!«

Ihr erinnert euch sicher, daß Deen und Shanti in Delhi ganz in unserer Nähe wohnen und wir immer so viele Sachen zusammen machen. Natürlich ist Deen oft ein Angeber, wie Jungen nun einmal sind. Darum erstaunt es mich immer wieder, daß Eltern bei uns in Indien denken, Jungen sind wichtiger als Mädchen. Ich war froh, als ich vor ein paar Tagen hörte, was Mama Papa erzählte. Der Arzt hätte ihr gesagt, sie solle keine Kinder mehr bekommen. So wird es vielleicht keinen anderen Jungen geben, der mich herumkommandiert. Hurra!

Nicht, daß mich Ajay viel kommandiert. Ich bin älter als er. Vor einiger Zeit entdeckte ich plötzlich, daß ich immer älter sein würde als er. Das gab mir ein gutes Gefühl. In Indien meinen die Jungen nämlich oft, sie könnten die Mädchen herumkommandieren. Deshalb, wenn du ein Mädchen bist und einen Bruder hast, dann sollte er wenigstens jünger sein als du.

Eigentlich ist Ajay ein guter Bruder. Ich denke, ich habe ihn lieber als Deen. Aber nicht, daß ihr meint, ich könnte Deen nicht leiden.

Als wir gerade mit dem Frühstück fertig waren, hörten wir von draußen Deens Stimme:

»Asha, Asha! Wann seid ihr angekommen? Ich habe euer Auto gesehen.«

»Komm rein, Deen«, sagte Mama.

Ich hörte ihre Worte, rannte aber bereits nach draußen, und Ajay gleich hinter mir.

Als wir bei Deen waren, kam seine Schwester Shanti von ihrem Sommerhaus gerannt. Sie wohnten in Pahalata nur etwa dreißig Meter von uns entfernt, vielleicht auch weniger. Shanti hatte den großen Boxer der Familie Mehta dabei. Sie nahm ihn für seinen morgendlichen Ausgang mit. Aber in Wirklichkeit nahm Bhuti – so heißt der Hund – eher sie mit!

Oh, wie glücklich machte es mich, daß dieser wunderbare Hund gleich zu mir kam. Er freute sich, mich zu sehen. Er leckte meine Hand, stellte seine Pfote auf meinen Fuß und schaute mich mit seinen liebevollen Augen an.

»Guter Bhuti«, sagte ich und streichelte ihn. Bhuti würde Tag und Nacht stillstehen, solange ihn jemand streichelte.

Dann drehte ich mich um und schaute zu den hohen Bergen hinauf. »Schaut«, rief ich.

Niemals zuvor hatte ich den Himalaja gewaltiger und herrlicher gesehen. Der ewige Schnee leuchtete in der Morgensonne.

»Papa hat uns versprochen, daß er uns heute nach Lumba Pani mitnimmt«, erzählte Deen. »Fragt doch, ob ihr mitkommen dürft. Es ist für unseren ersten Tag nicht viel zu steigen. Wir werden sehr langsam gehen. Wir sind auch erst drei Tage hier, weil Papa auf dem Weg mehrere Sachen erledigen mußte. Er sagte, wir müßten auf langen Strecken langsam gehen und dürften in der ersten Woche keine steilen Klettertouren machen.«

»Wir haben ein Pony, das Papa für uns geliehen hat«, rief Shanti aufgeregt.

»Wir nehmen es mit, damit es unser Essen auf dem Hinweg trägt«, sagte Deen. »Auf dem Rückweg tragen wir das Essen dann selbst – nämlich in uns!« Er kicherte glücklich. »Dann können wir abwechselnd auf dem Pony reiten.«

»Wohin geht ihr?« Papa hatte uns sprechen gehört.

»Nach Lumba Pani«, antwortete ich.

»Lumba Pani?« fragte Papa zweifelnd.

»Mit Hauptmann Mehta«, sagte ich. »Das heißt, wenn du und Mama uns heute mit Deen und Shanti gehen laßt. Wir wollen picknicken.«

»Wenn Hauptmann Mehta mitgeht, dürft ihr fast überall hin«, sagte Papa. »Er ist einer der besten Männer in der Armee.«

»Komm, Shanti«, rief Deen. »Wir gehen schnell zurück und gucken, ob genug Essen für unser Picknick eingepackt wird.«

Damit rannten die beiden, so schnell sie konnten, nach Hause. Bhuti lief hüpfend und bellend hinterher.

»Das ist aber interessant«, sagte Papa. »Die Lage muß hier ziemlich gespannt sein.«

»Wieso gespannt?« fragte ich.

»Daß sich Hauptmann Mehta die Zeit nimmt, mit euch zum Picknick zu gehen«, erklärte Papa. »Es ist völlig ungefährlich für euch, alleine nach Lumba Pani zu gehen, aber . . .«

»Wer geht nach Lumba Pani?« fragte jemand. Wir schauten uns um. Da kam Onkel Lal.

Er gab Papa die Hand und sagte: »Willkommen in Pahalata.«

Dann legte er einen Arm um Ajays Schulter, den anderen um mich. Ihr könnt sicher sein, daß wir ihn auch umarmten, denn wir lieben unseren Onkel Lal sehr. Er ist so ein lieber, lieber Onkel.

»Wir gehen nach Lumba Pani zum Picknick«, sagte Deen.

»Aha«, sagte Onkel Lal. Eigentlich sprach er jetzt nicht so sehr wie Onkel Lal, sondern eher wie der General Lal. Seine Stimme klang sehr ernst. »Unser Verdacht hat sich weiter verdichtet, auf Grund einiger Dinge, die hier in der Gegend geschehen sind. Ich bin gerade dabei, einen Befehl herauszugeben, daß niemand ohne Erlaubnis nach Lumba Pani gehen darf.«

»Ist es gefährlich?« fragte Papa. »Vielleicht sollten die Kinder besser nicht gehen?«

Ajay protestierte: »Wenn wir Detektive sein sollen, können wir doch nicht die ganze Zeit über bei unserem Haus bleiben.«

»Da hast du allerdings recht«, sagte Papa ruhig. Er schaute zu Onkel Lal, der leicht nickte. »Natürlich müßt ihr zu diesem Picknick gehen. Aber haltet eure Augen ständig offen. Hauptmann Mehta wird dafür sorgen, daß ihr nicht in Gefahr kommt.«

»Was habe ich da von Gefahr gehört?« kam jetzt Mamas Stimme dazwischen. Sie war mit dem Baby nach draußen in die Sonne gekommen.

»Wir gehen nach Lumba Pani zum Picknick!« freute sich Ajay.

»Nicht, wenn es gefährlich ist«, antwortete Mama und schaute Papa besorgt an.

»Hauptmann Mehta wird mit ihnen gehen«, beruhigte sie Papa.

Mamas Gesicht hellte sich auf. Auch sie setzte volles Vertrauen in Hauptmann Mehta.

»Wir können keine Detektive sein, wenn wir immer nur beim Haus bleiben müssen«, wiederholte Ajay.

»Sprich nicht so laut über Detektive!« flüsterte Onkel Lal.

Danach gingen er und Papa weg. Wir küßten Mama zum Abschied. Es war Zeit, zu Deens und Shantis Haus zu laufen.

»Ihr dürft nicht so viel herumklettern«, warnte uns Mama. »Hier in der Höhenluft werdet ihr viel schneller müde, als ihr denkt.«

Dann gingen wir im Gänsemarsch den steilen Weg hinunter nach Lumba Pani. Hauptmann Mehta ging als erster und er sah aus wie ein erfahrener Bergbewohner. Danach kam Deen, der das Pony führte. Es war nicht so einfach, wie wir zuerst dachten. Der Weg war so holperig, daß das Pony einige Male stolperte. Fast wäre unser Picknick den Abhang hinuntergefallen. Deshalb mußten wir sehr vorsichtig sein. Das Picknick war eine sehr wichtige Ladung!

Ich ging gleich hinter dem Pony. Ajay folgte mir. Shanti ging meistens am Schluß. Wenn der Weg breit genug war, ging sie ganz vorn, Hand in Hand mit ihrem Vater. Als sie einmal müde wurde, setzte sie Hauptmann Mehta auf seine Schultern und trug sie ein langes Stück.

»Wenn ich auch bei jemand auf den Schultern reiten könnte!« stöhnte Ajay. »Ich habe Magenschmerzen.«

»Du bist nur aufgeregt und hungrig«, sagte ich.

Ich überlegte, was ich tun sollte, wenn Ajay wirklich krank wurde. Wenigstens hatten wir für den Rückweg das Pony.

Meine Sorgen waren unnötig, denn Ajay wurde schnell von der allgemeinen Aufregung gepackt, rannte allen voran und hatte seine Schmerzen vergessen!

»Geh nicht zu weit voraus!« rief ihm Hauptmann Mehta mehrere Male nach.

Als wir einmal um eine Kurve kamen, sah ich meinen Bruder hoch oben einige Felsen untersuchen.

»Vorsichtig, junger Mann«, rief Hauptmann Mehta. »Du könntest etwas finden, wonach du nicht gesucht hast.«

»Was denn?« fragte ich.

Der Hauptmann antwortete nicht.

Wir kamen zu einer Stelle, von der aus wir eine wunderbare Aussicht auf die schneebedeckten Berge hatten. Sie sahen so nahe aus, daß es schien, als könnten wir die Hand ausstrecken und sie berühren. Natürlich waren sie viele Kilometer entfernt. Von hier aus konnten wir auch hinunter zum Fluß schauen, der weit unter Lumba Pani seinen Weg nahm.

»Wir hätten unsere Ferngläser mitbringen sollen«, meinte ich.

»Es ist besser, wenn man euch hier nicht mit Ferngläsern trifft«, sagte der Hauptmann trocken.

»Warum?« fragte ich.

Aber ich bekam keine Antwort. Ich wußte, warum.

Zuerst dachte ich, bergab würde es leicht gehen. Ich meine immer, daß man leicht den Berg hinuntergehen kann. Am Anfang mag es ja ganz einfach sein. Aber nach einiger Zeit beginnen die Knie wehzutun, sie fühlen sich ziemlich wackelig an, und man sehnt sich nach einer flachen Wegstrecke oder sogar einem Stück den Berg hinauf. Der Weg nach Lumba Pani ging aber nur bergab. Manchmal sehr steil.

Doch ich konnte nicht mürrisch werden, ganz gleich, wie müde und schlapp ich mich fühlte, denn die Frühlingsblumen blühten. Sie waren so wunderschön!

Da standen Primeln, Rittersporn und einige sibirische Mauerblumen. Natürlich wuchsen die viel besser hier oben in den Bergen.

Ich wäre am liebsten stehengeblieben und hätte einige gepflückt. Doch dann erinnerte ich mich daran, was

Mama mir einmal gesagt hatte, daß es gedankenlos wäre, dort Blumen zu pflücken, wo andere Menschen auch gehen. Sie könnten sich dann nicht mehr darüber freuen.

Plötzlich fanden wir eine Menge wilde, gelbe Himbeeren und begannen sofort, sie abzupflücken und zu essen. Als Hauptmann Mehta das sah, schlug er vor: »Ich nehme an, daß ihr müde seid. Pflückt die Himbeeren in dieses saubere Tuch; dann setzen wir uns hin und essen sie.«

»Ja«, sagte Deen. »Und dann singe ich euch ein Lied vor, das ich im vergangenen Schuljahr von einem Klassenkameraden gelernt habe.«

»O Deen«, lachte ich. »Du kannst doch nicht singen.«

»Ich kann nicht?« sagte Deen. »Hört nur zu.«

»Er kann nicht gut singen, denn er kommt in den Stimmbruch«, sagte sein Vater. »Aber zum Ausgleich bringt er dann die sogenannten ›Deens-Lieder‹.«

Aber das war keins von seinen.

Er begann zu singen:

> »Ich ging zur Tierschau,
> da sah ich's genau,
> ein altes Dromedar
> kämmte sein blondes Haar.
> Ein Affe verließ seine Schüssel,
> rutschte hinunter am Elefantenrüssel,
> der Elefant nieste,
> er fiel auf die Knie – siehste!
> Hatschi! Hatschi! Hatschi!«

Dieses Lied hatte ich nie vorher gehört. Ob es der Text war oder Deens wackelige Stimme beim Singen – wir fanden es jedenfalls unheimlich lustig.

Bald sangen wir gemeinsam, wenn wir nicht gerade vor Lachen ächzten und stöhnten.

Sogar der Hauptmann stimmte am Ende mit seiner tiefen Stimme ein: »Hatschi! Hatschi! Hatschi!« Ich habe zwar keine Ahnung, wie Elefantenknie sind, aber ich wußte, daß meine und sicher auch die der anderen jetzt wieder viel besser waren.

So gingen wir weiter den Bergpfad hinunter. Onkel Mehta führte das Pony und wir sangen.

Es war nicht gerade ein Marschlied, aber wenn man zwischendurch mal kleinere Schritte machte, kam es doch hin.

Nach einiger Zeit klappte es ganz gut. Fünf große Schritte, wenn der Elefant nieste, fünf riesengroße Schritte, wenn er auf seine Knie fiel, und dann mehrere kleine Schritte beim Singen.

Onkel Mehta ging mit dem Pony voran, und wir folgten ihm singend und hüpfend. Nach einiger Zeit kamen wir aus dem Takt und fielen alle übereinander. Dann gaben wir es auf.

Nachdem wir etwa zwei Stunden gegangen waren, kamen wir ins Tal. Wir sahen einige Felder, von Steinmauern umgeben. Hier und da waren sie mit grünen Blättern bedeckt, und dazwischen leuchteten lila, gelbe, rosa und rote Blumen.

Wenn ich nicht das Rauschen des Wasserfalls gehört hätte, hätte ich mir sicher noch mehr Zeit für die Blumen genommen. Über dem Rand der Felswand erhob sich ein feiner Sprühregen, der vom Wasserfall kam.

Als wir nach einigen Schritten um eine Biegung kamen, konnten wir den Wasserfall sehen – Lumba Pani in ganzer Schönheit! Das Wasser kam in einer breiten Fläche über die obere Felskante. Es war kein besonders mächtiger oder langer Wasserfall, aber das Wasser glänzte und funkelte in der Sonne wie reinste Seide.

Ajay rannte uns gleich voraus, genau auf den Wasserfall zu.

»Vorsicht!« rief Hauptmann Mehta.

Ajay schaute sich um und lief etwas langsamer. Einen

Augenblick später stand er im sprühenden Wasser, und wir folgten ihm.

»Wir müssen aufpassen, daß wir uns nicht zu schnell abkühlen, wenn wir so heiß sind«, sagte Hauptmann Mehta. Ich fürchte, daß ihm keiner richtig zuhörte. Wir rannten zum See am Fuß des Wasserfalls und streckten Hände und Gesicht hinein. Wie eisig das war! Deen zog sofort seine Schuhe und Strümpfe aus und begann, im Wasser zu waten.

»Bleibt vom Wasserfall weg«, warnte sein Vater. »Manchmal werden ziemlich große Steine durch die Wasserkraft mitgerissen. Ich habe gehört, daß vor einigen Jahren ein junger Hirt durch einen fallenden Steinbrocken getötet wurde.«

Es machte uns so einen Spaß, im Wasser herumzuplanschen und in den weißen Dunst zu schauen, in den die Sonne Regenbogen zauberte. Die Jungen warfen Steine gegen den Wasserfall. Aber die Strömung verschlang die Steine und ließ sie sofort verschwinden. Deen warf einen großen Stock, und mit ihm geschah dasselbe. Der einzige Unterschied war, daß der Stock nach einiger Zeit wieder im See am Fuß des Wasserfalls ankam.

»Schwimmen Fische auch in Wasserfällen?« fragte Ajay.

Hauptmann Mehta erwiderte mit einem Augenzwinkern: »Ich weiß nicht, ob ein Fisch jemals den Wasserfall hinunterschwimmt, Ajay, aber ich weiß genau, daß ein Fisch niemals den Wasserfall hinaufschwimmt.«

Wir lachten.

Aber dann sagte Ajay: »Und wie ist es mit fliegenden Fischen? Könnten die vielleicht hinaufkommen?«

Hauptmann Mehta fuhr mit der Hand über Ajays Kopf. Dann schaute er auf seine Uhr und sagte: »Wir sollten jetzt essen. Dann ruhen wir uns eine Stunde aus, ehe wir nach Hause zurückgehen.«

»Bist du sehr müde, Asha?« fragte Deen.
»Nein«, erwiderte ich, »aber ich bin sehr hungrig.«
»Dann wollen wir essen«, sagte Hauptmann Mehta.
»Dürfen wir erst noch Heidelbeeren suchen?« fragte Deen.
»Gut«, stimmte der Hauptmann zu, »tut das.«
Wir brauchten nicht lange zu suchen, bis wir die Beeren fanden. Sie schmeckten sehr gut.
»Die konnten wir gerade noch zu unserem Picknick gebrauchen«, sagte Hauptmann Mehta, als wir unser Essen auspackten und zu essen anfingen.
Es war ein wunderbares Picknick. Dazu gab es als Erfrischung das Wasser, das wir aus dem See holten.

4. Überraschungen auf dem Weg

Ihr denkt sicher, daß eine Wanderung nach Lumba Pani und ein Picknick genug Erlebnisse für einen Tag wären.

Das war aber erst der Anfang!

Nach dem Essen befolgten wir Hauptmann Methas Vorschlag und legten uns alle zum Mittagsschlaf hin. Ajay gefiel dieser Gedanke gar nicht, denn er dachte, für Mittagsschlaf wäre er jetzt zu groß.

»Hauptmann Mehta hat recht«, sagte ich. »Wir haben eine große Klettertour vor uns, bis wir nach Hause kommen; da müssen wir uns vorher ausruhen.«

»Ich kann jetzt schon wieder klettern«, sagte Ajay stolz.

»Nach einer kleinen Pause«, erwiderte ich.

Ajay legte sich maulend hin, war aber nach weniger als zwei Minuten fest eingeschlafen. Kurz danach fiel ich selbst in tiefen Schlaf.

Dann hörte ich wie aus weiter Ferne Hauptmann Mehta rufen: »Wacht auf! Es wird Zeit für den Rückweg.«

»Ist es Morgen?« fragte Ajay, rieb sich die Augen und riß den Mund weit zum Gähnen auf.

»Nicht ganz«, sagte der Hauptmann. »Zuerst muß es Nacht werden. Aber wir haben fast eine Stunde geschlafen. Ich wäre wahrscheinlich auch noch nicht aufgewacht, wenn ich nicht die Flöte des Ziegenhirten gehört hätte. Der hat seine Herde hier unten über die Felsen getrieben.«

Wir räumten unsere Sachen zusammen, die jetzt viel leichter waren, weil wir das Essen nicht mehr tragen mußten, und beluden das Pony. Es war nun genug Platz auf seinem Rücken, daß noch jemand reiten konnte.

»Ich möchte den ganzen Weg hinauf reiten«, sagte Ajay.

»Du denkst nur an dich«, schimpfte ich.

»Also, dann reite du, Asha«, maulte Ajay.

»Nein, ich finde, Shanti sollte zuerst reiten«, erwiderte ich.

»Aber es ist unser Pony«, widersprach Deen. »Ihr seid unsere Gäste und solltet zuerst reiten.«

»Warum lost ihr nicht darum?« schlug Hauptmann Mehta vor. »Zieht doch Streichhölzer.«

»Das ist eine gute Idee«, stimmte ich zu. Um ehrlich zu sein, eigentlich hatte ich ein schlechtes Gefühl, daß wir Kinder so selbstsüchtig waren, daß wir losen mußten. Jeder von uns sollte bereit sein zu teilen, meint ihr nicht auch?

Stellt euch meine Freude und Überraschung vor, als mein Bruder Ajay, der das längste Streichholz zog und deshalb als erster reiten durfte, sagte: »Es wäre nicht anständig, wenn ein Junge zuerst reiten würde. Reite du zuerst, Shanti.«

»Asha kann die erste sein«, sagte Shanti freundlich.

Aber ich nahm Shantis Arm, Ajay half mir, wir schoben Shanti zum Pony und halfen ihr, aufzusteigen. Sie war so glücklich und ich auch. Wie froh würde Mama sein, wenn sie hörte, wie gut sich Ajay benommen hatte.

Wir gingen los, immer höher und höher den steilen Weg hinauf.

»Ich kann mich nicht erinnern, daß es so steil war, als wir hinuntergingen«, sagte ich ganz außer Atem.

»Ja«, sagte Hauptmann Mehta, »ich glaube, es ist jetzt Zeit für Asha, auf dem Pony zu reiten.«

Er hielt das Pony an, Shanti stieg ab, und ich stieg auf. Es war so angenehm und machte so viel Spaß, bequem auf dem Pony zu sitzen.

Nach einer Weile sagte ich: »Jetzt ist ein anderer dran. Bist du einverstanden, Ajay, wenn jetzt Deen reitet?«

»Natürlich«, stimmte Ajay zu.

Ich stieg mit Hauptmann Mehtas Hilfe ab und erwartete, daß Deen aufsteigen würde. Aber er winkte seiner Schwester und sagte: »Du kannst für mich reiten, Shanti.«

Es tat mir leid, daß ich meinen kleinen Bruder kritisiert hatte. Ich hatte nicht gedacht, daß Deen und Ajay so nett sein würden.

»Wenn der Weg nicht so steil wäre«, sagte Hauptmann Mehta mit einem Lächeln, »könntet ihr beide reiten. Aber das wäre für das Pony doch zu viel, nach allem, was ihr gegessen habt; obwohl es ziemlich stark aussieht.«

Gerade kamen wir zu der Stelle, von der aus wir auf dem Hinweg den Fluß gesehen hatten.

»Oh!« riefen wir fast einstimmig.

Da stand der Chef der Zigeuner, den wir an der Ruinenstadt getroffen hatten, und bei ihm stand ein Mann, der fotografierte.

Hauptmann Mehta, der normalerweise so nett und höflich ist, wurde im selben Moment eine andere Person. Er ging schnell hinüber, legte seine Hand auf die Kamera und sagte: »Es tut mir leid, aber in diesem Gebiet ist das Fotografieren verboten.«

»Verboten?« fragte der Zigeuner und sah sehr überrascht aus.

»Hier stehen keine Schilder«, sagte der andere Mann.

Hauptmann Mehta nahm dem Mann freundlich die Kamera weg. Der sah zwar bestürzt aus, war aber nicht zornig und versuchte nicht, die Kamera festzuhalten.

»Jetzt muß ich Sie und die Kamera zum Militärhauptquartier nach Pahalata bringen«, sagte Hauptmann Mehta.

Mit diesen Worten nahm er den Mann fest am Arm und ging weiter den Weg hinauf.

Wir Kinder waren so überrascht, daß wir nur mit weit aufgerissenen Augen und Mündern dastanden. Nachdem Hauptmann Mehta einige Schritte gegangen war, drehte er sich um und sagte: »Kommt mit, Kinder. Folgt mir, so schnell ihr könnt.«

»Das ist ein schrecklicher Irrtum«, sagte der Zigeuner. Aus irgendeinem Grund sah er mich an. »Tongtong ist ein guter Mann. Warum wird er verhaftet?«

»Ich glaube nicht, daß er verhaftet wird«, sagte Deen, »aber er wird mitgenommen, um einige Fragen zu beantworten.«

»Ist das verbotenes Gebiet?« fragte der Zigeuner.

Ich schaute Deen an, dann Shanti, dann Ajay. Würde der Zigeuner so eine Frage stellen, wenn er etwas über die Versuchsanstalt wußte, von der uns Onkel Lal erzählt hatte?

Meine Augen trafen sich mit denen des Zigeuners. War er unser Freund?

Hauptmann Mehta war jetzt außer Sichtweite, und wir mußten uns beeilen, um ihn einzuholen.

Als wir gerade weitergehen wollten, kam die alte Zigeunerin von der Ruinenstadt auf uns zu, die Papa gesagt hatte, er solle Ajay nicht bestrafen.

»Hoy! Hoy!« rief sie. Ich weiß nicht genau, was das bedeutet. Aber es war offensichtlich ein fröhlicher Gruß.

Sie nahm mich beim Arm, winkte Deen und Shanti und bat sie, auch zu kommen. Es geschieht nicht oft, daß Deen Angst hat, aber jetzt hatte er Angst.

Er zog seine Schwester an einer Hand, das Pony an der anderen und lief den Weg hinauf.

»Diese Frau ist unsere Freundin!« rief ich ihm nach. Aber er schaute sich nicht einmal um.

Ich muß zugeben, daß ich mich auch nicht ganz sicher fühlte, aber Ajay und ich folgten ihr. Ich wollte sehen, wo die Zigeuner wohnten.

Sie führte uns zu einem Zelt und nahm uns mit hinein.

Es war ziemlich unheimlich und ich fühlte mich ein bißchen zitterig.

Da sah die Zigeunerin das Armband, das ich trug.

»Woher hast du das?« fragte sie.

»Meine Mutter gab es mir«, erwiderte ich.

»Seit vielen, vielen Jahren habe ich so ein Armband nicht mehr gesehen. Es ist ein altes Armband der Zigeuner. Es gibt nur noch sehr wenige davon, und sie werden in unserem Volk hoch in Ehren gehalten. Sie werden nur solchen Außenstehenden gegeben, die sehr geliebt werden und die durch eine Blutsgemeinschaft in eine enge Verbindung mit uns kamen. Die Armbänder sind zwar in den verschiedenen Zigeunersippen unterschiedlich, aber sie haben alle ein ähnliches Muster, das alle Zigeuner kennen.«

Ich hielt das Armband fest, weil ich befürchtete, sie wollte es mir vielleicht stehlen.

»Jeder, der ein solches Armband trägt, kann jederzeit von einem Zigeuner Hilfe fordern«, fuhr sie fort.

Mit schwirrte der Gedanke durch den Kopf, wir könnten die Zigeuner bitten, uns bei der Suche nach dem Spion zu helfen. Aber sollte ich das tun? Sicher nicht, ohne vorher mit Onkel Lal gesprochen zu haben.

Ich faßte in meine Tasche. Ich hatte nur wenig Kleingeld darin. Ich hatte die Zigeuner sagen gehört: »Kreuze meine Hand mit Silber.« Meine Rupien, die ich hatte, waren nicht aus echtem Silber, aber ich hoffte, sie würden genügen. Sie mußten – ich hatte sonst nichts.

Sie schien meine Gedanken lesen zu können, denn sie sagte: »Du sollst mir nichts bezahlen oder irgend etwas einem anderen Zigeuner geben. Nein, nein! Wir würden nie von jemand etwas annehmen, der solch ein Armband trägt.«

So sagten wir nach einigen Minuten auf Wiedersehen, und Ajay und ich eilten den Gebirgspfad hinauf. Wir waren wirklich überrascht, daß Deen gegangen war und uns alleingelassen hatte.

Obwohl es steil und sehr weit war, liefen und liefen wir. Wir ruhten uns kaum aus, bis wir oben unser Sommerhaus sahen. Wie froh war ich, als ich Mama und Papa erkannte, die nach uns Ausschau hielten! Mama hatte Nirmala auf dem Arm.

Ich wunderte mich, warum sie mit dem Arm auf die Berge zeigte.

Als ich mich umdrehte, sah ich, warum.

In unserem Garten in Delhi haben wir ein großes Rosenbeet. Es ist mein Lieblingsbeet. Zu einer bestimmten Zeit des Jahres ist es voll von hellrosa und cremefarbenen Rosen. Jetzt sah ich, daß die untergehende Sonne auf die schneebedeckten Berge schien und sie genau dieselbe Farbe hatten wie unsere Rosen. Ich hatte nie zuvor so etwas Herrliches gesehen. Ich konnte kaum wegschauen.

Aber nach einigen Minuten verblaßten die Farben, und als wir das Haus erreichten, war der Schnee wieder blaugrau.

Als wir zu den Eltern kamen, erzählten wir ihnen aufgeregt von unseren Erlebnissen.

Dann nahm ich das Armband ab und gab es Mama zurück. »Ich will es nicht mehr tragen. Wenn es wirklich so wertvoll ist, habe ich Angst, ich verliere es.«

5. Als wir beinahe Shantis Geburtstag vergaßen

Ich kann mich an keine Nacht erinnern, in der ich so viel träumte wie in der Nacht nach unserem Picknick am Wasserfall.

Ich träumte von den Zigeunern. Ich träumte von dem Mann, der fotografiert hatte. Manchmal waren es angenehme Träume, manchmal versetzten sie mich in Angst und Schrecken. Darum war ich sehr froh, als ich endlich aufwachte.

Von unten drangen Geräusche herauf. Hatten sie mich aufgeweckt?

»Haben Sie den Mann verhaftet?« hörte ich meinen Vater fragen.

»Nein.« Das war Hauptmann Mehtas Stimme. »Er scheint wirklich unschuldig zu sein. Er wußte nicht, daß das Fotografieren in diesem Gebiet verboten war. Er betreibt Forschungsarbeit an Insekten oder etwas ähnlichem. Wir ließen seinen Film entwickeln, und es waren nur Nahaufnahmen von Bienen und Käfern und verschiedenen Blumen darauf. Es gab keine Bilder, auf denen die Berge oder der Fluß zu sehen waren. Sie waren also ganz harmlos.«

Ich fragte mich, was »harmlos« bedeutete. Hoffentlich war es nichts Schlimmes.

So schnell ich konnte, sprang ich aus dem Bett, wusch mich und zog mich an.

»Ajay!« rief ich.

Doch Ajay war schon aufgestanden. Als ich ins Wohnzimmer kam, woher ich die Stimmen hörte, sah ich ihn sitzen und zuhören. Er sah aus wie ein richtiger Detektiv.

»Guten Morgen, Asha«, sagte Hauptmann Mehta freundlich.

»Guten Morgen«, erwiderte ich.

»Der Mann, der fotografierte...« begann Ajay.

»Ich habe es gehört, er ist kein Spion«, unterbrach ich ihn.

»Es scheint jedenfalls so«, verbesserte Hauptmann Mehta.

»Meinen Sie, die Zigeuner könnten Spione sein?« fragte ich. »Ich habe komisch geträumt...«

Hauptmann Mehta sagte: »Es scheint, daß auch die Zigeuner ganz harmlos sind.«

»Meinen Sie, sie könnten uns bei der Suche nach dem Spion helfen?« fragte ich. »In einem meiner Träume hat uns der Chef der Zigeuner genau zu dem Versteck des Spions geführt.«

»Ich kenne mich mit Träumen nicht aus«, sagte Hauptmann Mehta lächelnd, »aber ich meine, es wäre sehr unklug, die Zigeuner mit hineinzuziehen.« Seine Stimme wurde ernst, als er fortfuhr: »Wenn man nach einem Spion sucht, ist eins wichtig: Je weniger Leute von deinem Vorhaben wissen, desto eher wirst du Erfolg haben.«

Nun sprach Papa. »Was wir am meisten von euch erwarten, ist, daß ihr eure Augen offenhaltet und nicht darüber sprecht. Ich weiß, wie schwierig das besonders für Asha sein wird!«

»Das stimmt«, bestätigte Hauptmann Mehta. »Erzählt uns von allen sonderbaren Dingen, die ihr seht.«

»Soll ich mit Ajay noch einmal zu den Zigeunern gehen?« fragte ich. Ich wäre am liebsten gleich losgegangen.

»Hast du nicht etwas vergessen?« fragte Mama, die gerade hereinkam. »Weißt du nicht, was für ein Tag heute ist?«

»Ich glaube, Dienstag«, sagte ich.

»Und morgen hat jemand Geburtstag«, erinnerte sie uns.

»Ach ja!« rief ich aus. »Morgen ist Shantis Geburtstag, Ajay. Wir wollten doch zum Basar gehen und Süßigkeiten für die Geburtstagsfeier kaufen.«

»Vielleicht können wir im Basar Detektive sein«, sagte Ajay, nahm meinen Arm und zog mich zur Tür.

»Halt, immer langsam«, rief Mama. »Ihr habt ja noch gar nicht gefrühstückt.«

»Ich habe keinen Hunger«, meinte Ajay.

»Du fühlst dich vielleicht nicht hungrig, aber du brauchst dein Essen. Setz dich hin, das Frühstück kommt gleich«, sagte Mama. Mindestens zwei oder drei Mal mußte Mama uns ermahnen, nicht so schnell zu essen. Wir waren beide so aufgeregt bei dem Gedanken an diesen Tag.

Als wir mit dem Frühstück fertig waren, gab uns Mama Geld für den Basar.

Draußen sprach Papa immer noch mit Hauptmann Mehta.

»Ich habe heute so viel zu tun«, sagte der Hauptmann gerade, »ich habe nicht einmal Zeit, den Hund auszuführen. Deen sollte es eigentlich tun, aber er spielt irgendwo anders.«

»Können wir ihn nicht mitnehmen?« fragte Ajay.

»Oh ja!« rief ich erfreut.

»Das wäre gut«, sagte Hauptmann Mehta.

»Wir gehen zum Basar«, erzählte ihm Ajay.

Hauptmannn Mehta runzelte die Stirn. Bhuti ist so groß und stark und sehr unfreundlich zu den Hunden des Ortes. Wenn er einen von ihnen sieht und man ihn nicht an der Leine hätte, würde er das andere Tier töten. Er beißt nicht, sondern zerdrückt sie mit seiner breiten, starken Brust.

»Ihr müßt ihn aber ganz fest an der Leine halten«, sagte Papa.

Dann liefen wir zum Haus von Mehta. Bhuti sah uns kommen und wurde ganz aufgeregt. Er geht gerne spazieren und zieht dann so fest an seiner Leine, daß ich ihn nicht immer halten kann.

Heute war Bhuti damit zufrieden, einfach neben mir

herzulaufen. Ich dachte sogar einen Augenblick daran, ihn von der Leine zu lassen.

Es war gut, daß ich es nicht tat!

Wir näherten uns dem Basar. Ajay und ich gingen fröhlich nebeneinander und dachten an nichts Besonderes. Plötzlich sprang Bhuti vorwärts und riß mir fast die Leine aus der Hand. Er hatte einen seiner Feinde entdeckt! Ja, einen seiner speziellen Feinde, einen ziemlich großen, häßlichen Mischlingshund. Er zog mit solcher Kraft, daß ich nicht verhindern konnte, daß er mich den Hang hinunterzerrte.

Schneller und schneller ging es bergab. Dann hatten wir so ein Tempo erreicht, daß ich hinfiel und die Leine loslassen mußte.

Glücklicherweise stand Deen in diesem Moment neben mir. Er kam gerade rechtzeitig und war nahe genug bei Bhuti, daß er die Leine nehmen und ihn davon abhalten konnte, den anderen Hund zu jagen.

»Wir haben euch in Richtung Basar gehen sehen und sind euch nachgekommen«, sagte Shanti.

»Ich sollte eigentlich Bhuti ausführen«, fügte Deen hinzu. »Und als ich dich mit ihm sah, dachte ich, ich sollte besser mitkommen, falls du Hilfe brauchst.«

»Ich konnte ihn wirklich nicht mehr halten«, sagte ich.

»Vielen Dank!«

Deen hielt nun Bhuti und ging mit Shanti vor uns.

»Wir müssen aufpassen«, flüsterte ich Ajay zu. Ich nutzte einen Moment, in dem Deen und Shanti weit genug weg waren und uns nicht verstehen konnten.

»Shanti darf uns nicht bei den Süßigkeiten sehen.«

Ein Stück weiter kamen wir bei einem Silberschmied vorbei, der gerade Silberdraht auszog, bis er ganz dünn war. Daraus formte er Broschen, Ohrringe und Anhänger. Sie sahen sehr schön aus.

»Sicher würde Shanti so einen Schmuck zum Geburtstag gern haben«, flüsterte ich Deen zu. »Bitte geh ein Stückchen mit ihr voraus, ich treffe euch gleich wieder. Bis dahin habe ich etwas gekauft.«

»Gut«, sagte Deen sofort. Er schob seine Schwester vor sich her und sagte: »Shanti, siehst du alle diese Blumen da drüben in dem Geschäft? Komm, wir schauen sie uns aus der Nähe an.«

Ich gab Ajay etwas Geld und bat ihn, die Süßigkeiten für die Geburtstagsfeier auszusuchen.

Sobald die anderen gegangen waren, kaufte ich nach einigem Handeln eine silberne Filigranbrosche.

Als ich mich beeilte, um die anderen einzuholen, merkte ich, daß Bhuti immer noch Schlechtes im Sinn hatte. Er sah einen Stier, der seiner täglichen Beschäftigung nachging, indem er seinen Magen mit altem Gemüse, weggeworfenen Bananenschalen und ähnlichem füllte.

Bhuti sprang wild auf ihn zu und biß das arme Tier in den Schwanz. Das war zuviel! Der Stier stellte seinen Schwanz in die Höhe, schlug mit seinen Hinterbeinen aus und rannte durch den Basar. Glücklicherweise sah ich ihn kommen und sprang gerade noch rechtzeitig in einen Graben. Dadurch bewahrte ich mich vor einem weiteren Unfall, der viel schlimmer ausgegangen wäre als der vorherige, als mich Bhuti durch den Dreck zerrte.

»Was hast du gekauft?« fragte mich Shanti, nachdem wir den ungezogenen Hund wieder unter Kontrolle hatten.

»Gekauft?« Ich tat, als ob ich über ihre Frage überrascht wäre. Dann fiel mir ein, daß ich das Päckchen in der Hand hielt, das ich beim Silberschmied gekauft hatte. Ich kam mir reichlich dumm vor und sagte: »Ach, nur etwas Kleines.«

Shanti schien mit meiner Antwort zufrieden zu sein. Ich weiß nicht warum. Sie beachtete die Päckchen mit Süßigkeiten überhaupt nicht, die Ajay gekauft hatte. So hatten wir unsere Einkäufe doch zu unserer Zufriedenheit erledigt, trotz Bhutis schlechtem Benehmen.

6. Das Armband und das Buch

Shantis Geburtstagsfeier war sehr schön.
Sie schien ehrlich überrascht, als ich ihr mein Geschenk gab. Sie hatte wirklich nicht gemerkt, daß ich es auf dem Basar gekauft hatte.
Natürlich hatte Mama mit Shantis Mutter die Feier vorbereitet. Einige andere Kinder waren eingeladen worden. Es waren Kinder, die wir zwar kannten, die aber zu weit weg wohnten, um jeden Tag zu uns zum Spielen zu kommen.
Nach einigen Spielen im Haus von Mehtas gingen wir nach draußen und spielten – könnt ihr es euch schon denken? – unser Lieblingsspiel »Räuber und Gendarm«.
Wir hätten auch gerne »Spione und Detektive« gespielt, aber wir wußten, daß wir solche Sachen vor den anderen Kindern geheimhalten mußten. Beim Spielen stellten Deen, Ajay und ich uns jedoch vor, wir seien Spione oder Detektive.
Als Ajay und ich nach Hause kamen, waren wir überrascht, Ajay hatte schon den Türknopf in der Hand und wollte gerade die Tür öffnen. Da hielt ich ihn zurück.
»Hör mal«, flüsterte ich.
Wir konnten drinnen Mamas Stimme erkennen. Aber da war noch eine andere Stimme, die sehr bekannt klang. Sicher ist euch das auch schon passiert. Ihr kommt irgendwohin und hört etwas Bekanntes. Es verwirrt euch, denn es ist eine Stelle, wo ihr diese Stimme oder dieses Geräusch nie erwartet hättet.
Wir fühlten uns als Detektive.
»Wer ist das?« flüsterte Ajay. Ich legte meinen Finger auf die Lippen. Leise ging ich voran, und wir schlichen um das Haus herum zur vorderen Veranda. Tatsächlich, Mama war auf der Veranda und ihre Besucherin war die Zigeunerfrau, die wir an der Ruinenstadt und in Lumba Pani getroffen hatten.

Was tat sie hier? Vielleicht waren die Zigeuner doch Spione und taten nur so, als wären sie unsere Freunde!

Meine Gedanken schienen sich im Kreise zu drehen.

Wenn sie Spione waren, warum waren sie es? Vielleicht brauchten sie Geld? Oder vielleicht mochten sie die Regierung nicht?

Ich ging näher zur Veranda, damit ich besser sehen und hören konnte. Da gab Mama gerade der Zigeunerin das Armband, das ich ihr in Lumba Pani gezeigt hatte.

»Es ist so wunderbar!« sagte die alte Frau, als sie das Armband nahm. Sie schaute es einen Augenblick an und küßte es.

»Es ist für uns ein wertvoller Besitz«, sagte Mama, als ob sie befürchtete, die Zigeunerfrau wollte es von ihr haben.

Ich war überrascht, Mama so etwas sagen zu hören. Sie hatte nie etwas davon erzählt, daß das Armband besonders wertvoll war.

»Seit ich es gestern sah«, sagte die Zigeunerin, »hatte ich den Wunsch, es in meiner Hand zu halten. Ich wollte Ihre Tochter nicht darum bitten, damit sie nicht denkt, ich wollte es stehlen. Leider denkt Ihr Volk, alle Zigeuner wären Diebe.«

Das Gesicht der Zigeunerin wurde bei diesen Worten sehr traurig.

Einen Augenblick später lächelte sie jedoch wieder, denn Mama sagte: »Ich weiß, daß nicht alle Zigeuner Diebe sind, denn dieses Armband bekam ich von einer lieben Freundin, einer Zigeunerin.«

»Erzählen Sie mir von Ihr«, bat die alte Frau.

»Sie hatte anscheinend jeglichen Kontakt mit ihrem Volk verloren«, berichtete Mama. »Sie war ziemlich alt und gebrechlich, als sie zum ersten Mal zu uns kam. Ich war damals ein kleines Kind und merkte es nicht. Aber ich glaube, sie war viele Monate im Land umhergewandert, ohne genug zu Essen zu bekommen.«

»Können Sie sich an ihren Namen erinnern?« fragte die Zigeunerin.

»Sie sagte ihn uns«, erwiderte Mama, »aber wir nannten sie alle Nani – ich weiß nicht genau, warum – und so vergaßen wir ihren Zigeunernamen.«

Die Besucherin schien sehr beunruhigt zu sein, weil Mama sich nicht an den Namen erinnern konnte. Mama dachte einen Augenblick genau nach.

»Nani ist alles, woran ich mich erinnern kann«, sagte sie noch einmal. »Meine Mutter stellte sie ein, damit sie auf mich aufpaßte. Sie tat es nur aus Freundlichkeit, denn ich war alt genug und brauchte keine besondere Hilfe. Aber nachdem sie in unser Haus gekommen war, lebte Nani nicht mehr lange. Einige Wochen vor ihrem Tod rief sie mich in ihr Zimmer und gab mir dieses Armband. Später bekam ich auch ihr Heiliges Buch, das sie mir versprochen hatte.

Das Armband war eins ihrer beiden wertvollsten Dinge«, fuhr Mama fort, »und sie wollte es mir schenken, weil meine Mutter so gut zu ihr gewesen war. Sie erzählte mir, daß es ein altes Zigeunerarmband wäre, das seit vielen Generationen von der Mutter zur Tochter weitergegeben wurde. Aber da sie kein eigenes Kind hatte und allen Kontakt zu ihrer Familie verloren hatte, wollte sie, daß ich es bekam. Ihre Mutter starb, als Nani noch sehr klein war, bevor sie den Wert des Armbands begreifen konnte. Jahrelang dachte Nani, es hätte geheime Kräfte und wäre ein magisches Armband. Das glaubte sie jetzt nicht mehr. Sie gab mir das Armband als Liebesgabe und hoffte, daß es mich immer an sie erinnern würde.«

Mama erzählte weiter, wie ihr das Armband immer lieber geworden war. »Wir waren alle traurig, als Nani starb. Obwohl sie nur kurze Zeit bei uns lebte, hatten wir sie alle liebgewonnen.«

»Was war das andere Geschenk?« fragte die Zigeunerin.

»Oh«, meinte Mama, »es war nur ein Buch.«

»Ein Buch? Ein Zigeunerbuch?« fragte die Zigeunerin.

»Eigentlich nicht«, antwortete Mama. Ihre Stimme klang sonderbar, so, als spräche sie gerne über das Armband, aber ungern über das Buch.

Aber die Zigeunerin fragte weiter: »Bitte, erzählen Sie mir mehr von dem Buch. Was für ein Buch war es?«

»Es war ein Buch, das Nani als ihren wertvollsten Besitz bezeichnete«, erwiderte Mama.

»Wertvoller als das Armband?« fragte die Besucherin.

Für mich wurde es immer interessanter! Ich hatte nie von so einem Buch gehört.

»Es war ein Heiliges Buch«, sagte Mama. »Es war eine Bibel der Christen.«

»Bibel?« fragte die Zigeunerin.

»Ja«, erwiderte Mama, »Nani hatte mir erzählt, sie hätte durch dieses Buch mehr Hilfe, Freude und Gemeinschaft erfahren, als sie jemals durch das Armband in einer Zigeunersippe erleben konnte. Sie bekam Hilfe von Gott. Sie sagte, in dem Buch steht, daß Jesus Christus der Weg zu Gott ist und daß sie durch das Lesen des Buches diesen Weg gefunden habe. Sie sagte, es hätte ihr wunderbare Freude und herrlichen Frieden gegeben. Wenn sie jetzt sterbe, wüßte sie, daß sie in den Himmel gehen würde, um dort bei Gott zu leben.«

»Meine Zeit!« rief die alte Zigeunerin aus. »Ich würde gern dieses Buch sehen. Ich habe niemals in meinem langen Leben so etwas gesehen oder von so etwas gehört.«

»Ich weiß nicht genau, wo ich es hingelegt habe«, sagte Mama. »Es ist irgendwo in Delhi.«

Dann fuhr sie fort, als wenn sie sich schämte: »Nani drängte mich, das Buch zu lesen. Sie sagte, wenn ich es täte, würde ich etwas viel Wertvolleres für mich finden als das Armband. Aber ich legte es weg und habe es seitdem nie mehr angesehen. Ich behielt es als Geschenk von ihr, aber sonst hatte es für mich keine Bedeutung.«

Die Zigeunerin wollte mehr über das Buch wissen, aber Mama schien nicht darüber sprechen zu wollen. Zwei oder dreimal stellte die Zigeunerin Fragen, aber Mama wechselte jedesmal das Thema.

Ajay hatte keine Lust mehr zuzuhören und ging zum Spielen weg.

Ich ging auch, aber ich ging an eine ruhige Stelle in der Nähe. Was war das für ein Buch, über das sich Mama und die Zigeunerin unterhalten hatten? War es wirklich so wichtig, wie diese Frau – Nani – damals gesagt hatte?

Ich hatte ein sonderbares Gefühl in meinem Herzen. Vielleicht fanden wir hier in Pahalata nicht nur einen Spion, sondern noch etwas anderes.

Es war ein komisches Gefühl, ich konnte es nicht erklären.

Einige Minuten später sah ich, wie die Zigeunerin wegging. Ich ging zu Mama und wollte sie etwas fragen. Aus irgendeinem Grund tat ich es nicht.

Genau konnte ich mich nicht mehr erinnern, aber ich dachte, daß Onkel Lal von einem Heiligen Buch gesprochen hatte, als er uns vor unseren Ferien in Delhi besucht hatte. War es dasselbe Buch? Warum hatte mir Mama das Armband gegeben, aber nie das Buch erwähnt? Spione ... Armbänder ... Bücher ... Meine Gedanken waren so voll von unbeantworteten Fragen!

7. Nächtliches Ereignis

Es vergingen mehrere Tage.

Papa fuhr zurück nach Delhi, weil er einiges zu erledigen hatte. Er versprach, in zwei Wochen wiederzukommen und dann den Rest der Ferien bei uns zu bleiben. Familie Mehta würde auch noch einen Monat bleiben, und Onkel Mehta versprach, mit uns viele Wanderungen zu machen. Wir würden mit Deen und Shanti Federball spielen. Sie hatten das Pony und ihren Hund Bhuti. Es würde herrlich werden.

Ich vergaß nicht die Sache mit dem Spion. Nein, nein, natürlich nicht.

Später fanden wir heraus, daß Onkel Lal und Papa in dieser Zeit oft zusammengewesen waren, ohne daß wir es wußten. Dabei hatten sie entschieden, daß die Sache mit dem Spion für Kinder etwas zu gefährlich war. Papa sagte bei seiner Abreise, er würde es am liebsten sehen, wenn wir uns in der Nähe des Hauses aufhielten und nur zusammen mit Hauptmann Mehta weggingen.

Eines Tages spielten Ajay und ich zusammen. Ich schlug vor, wir könnten ein Stück den Weg nach Lumba Pani gehen. Ajay protestierte und erinnerte mich an Papas Ermahnung.

»Er hat nicht gesagt, wir dürften nicht weggehen, er hat gesagt, er hätte es am liebsten, wenn wir in der Nähe des Hauses blieben«, sagte ich.

»Das ist fast dasselbe«, meinte Ajay.

Ich will Mama und Papa wirklich immer gehorchen, aber ich bin alt genug, um zu wissen, ob Papa eine Sache ganz ernst meint.

»Das hat er nicht ernst gemeint. Wir können schon auf kleine Entdeckungsreisen gehen«, sagte ich zu Ajay.

»Ich glaube, du hast recht«, erwiderte Ajay.

Wir gingen also den Weg etwa einen halben Kilometer weit hinunter. Außer ein paar Tierspuren, die einigermaßen interessant waren, hatten wir keine Erlebnisse. Wir fragten uns, ob die Spuren von einem Leopard stammten oder einfach nur von einem großen Hund.

»Onkel Mehta führt Bhuti hier öfter hinunter«, sagte ich. »Vielleicht sind es Bhutis Spuren.«

»Vielleicht«, stimmte Ajay zu.

Am nächsten Morgen wachte ich auf und fühlte mich einfach herrlich, als wenn ich mit Sprudel gefüllt wäre. Nein, ich glaube, das wäre nicht so gut, das wäre sicher sehr unangenehm, aber ich fühlte mich wie ein Spielzeug, das gerade aufgezogen war.

Die Sonne ging auf und die Vögel sangen. Ja, ich fühlte mich wunderbar!

Ich zog meinen Schlafanzug aus und nach einer Katzenwäsche schlüpfte ich in meine Bergsachen: Shorts und Bluse.

Dann rannte ich holterdiepolter in Mamas Zimmer. Sie hatte mich schon gehört und zog schnell ihre Decke über den Kopf.

»O nein. Hilfe! Schon wieder so ein schrecklicher Tag!« rief sie. »Weißt du, daß deine Augen aussehen wie Feuerwerk? Als wollten sie sagen: Wie kann ich jetzt jemanden am besten stören? – Gut, gut, geh weg und tu es, aber sei vorsichtig und tu nichts Unüberlegtes.«

Mama drehte sich auf die andere Seite und verschwand wieder unter der Decke.

Das war meine Gelegenheit. Mama ist furchtbar kitzelig. Ich schlich mich leise heran, steckte meine Finger unter ihren Arm und kitzelte sie.

Mit einem Schrei kickte Mama ihre Decke weg, schnappte sich ein Kissen und begann eine herrliche Kissenschlacht. Sie schlug mir das Kissen über den Kopf, bis ich draußen war. Es machte viel Spaß!

Ich konnte beim Vorübergehen gerade noch Nirmala einen Kuß geben. Sie lag da, spielte mit ihren Zehen und plapperte glücklich vor sich hin. Ich war froh, daß unsere Schlacht sie nicht gestört hatte.

Weil ich dachte, sie wäre hungrig, sagte ich: »Ich gebe ihr die Flasche, Mama.«

»Nein«, sagte Mama, »es ist Zeit für ihre richtige Morgenmahlzeit und ich werde sie jetzt stillen, wo ich sowieso wach bin.« Sie lächelte mich an und fuhr fort: »Nun verschwinde, du ekliges, kleines Ding, Asha.« Das machte mir nichts aus, denn ich wußte, daß sie es nicht so meinte.

Dann hüpfte ich aus dem Haus, ans Ende des Gartens, und spielte »Krokodile«. Das war erst der Anfang, ich mußte mich erst ein bißchen austoben, bevor ich wieder Sachen tun konnte.

Habt ihr schon einmal »Krokodile« gespielt? Es wird auf einem Weg gespielt, der mit verschieden geformten Steinen gepflastert ist. Dazwischen sind mit Sand gefüllte Rillen.

Die Steine sind Steine über den Fluß, und die Zwischenräume sind die Flüsse voller Krokodile! Ihr könnt ihre großen Zähne sehen, wie sie da liegen, die Mäuler aufreißen, und jeden zu verschlingen drohen, der hinüberspringen will. Es ist sehr aufregend. Ein kleiner Ausrutscher, ein Fuß auf dem Sand und: »schnapp«, haben sie dich.

Ich sah Deen in einiger Entfernung spielen, aber er schien sehr beschäftigt zu sein, und so rief ich ihm nur »hallo« zu und spielte weiter.

Ich war gerade über einen Stein gesprungen und allen Krokodilen entronnen, als ich das nächste Krokodil sah. Es sah aus wie ein Stück Seil, mit dem die Kulis ihre Ladungen auf dem Rücken festbinden. Aber dies schien gerissen zu sein und war zu kurz, darum hatte man es weggeworfen.

Gerade als ich darüber springen wollte, bewegte es sich! Es war kein Stück Seil, es war eine Schlange!

»Ha! Ha!« rief Deen, »April, April!« Da merkte ich, daß es nur ein Stück Seil war. Deen hatte es dahin gelegt. Er hatte einen dünnen Faden daran gebunden und in dem Moment, als ich springen wollte, an dem Faden gezogen und so das Seil bewegt. Es bewegte sich wirklich und sah genau wie eine Schlange aus, die am Boden entlangkriecht.

»O Asha!« lachte Deen, »du glaubst ja gar nicht, wie komisch du ausgesehen hast. April, April!«

»Deen! Du bist abscheulich!« schrie ich. Ich zitterte

immer noch vor Schreck. »Du hast mir den schönen Morgen verdorben. Außerdem ist heute nicht der 1. April, sondern der 1. Juli.«

»Um so besser«, sagte Deen. Obwohl ich zu ihm rannte und ihn mit meinen Fäusten bearbeitete, lachte er nur und sagte: »O Asha, du glaubst nicht, wie erschrocken du ausgesehen hast! Das ist der beste Streich, der mir je gelungen ist.«

Also, nach dieser Sache hatte ich mich für den Tag ausgetobt, und als mir ein komisches Gefühl im Magen zeigte, daß es Zeit fürs Frühstück war, ging ich einfach auf unser Haus zu und sagte: »Du bist dumm. Ich rede nie mehr mit dir.«

Ich fühlte mich wirklich etwas schwach auf den Beinen. Ich hasse Schlangen und fürchte mich sehr vor ihnen. Als ich mich etwas beruhigt hatte, mußte ich allerdings zugeben, daß Deen die Sache wirklich gut gemacht hatte.

Während Papa weg war, kam Hauptmann Mehta öfter zu uns, um zu sehen, wie es uns ging. Das war nett von ihm. Er erkundigte sich, ob er etwas für uns tun könnte, was sonst Papa getan hätte.

An diesem Morgen kam er nach dem Frühstück und brachte Deen mit. Onkel Mehta sagte: »Ihr Kinder dürft dreimal raten, was mir letzte Nacht im Bett passiert ist.«

»Es ist schrecklich aufregend«, versicherte uns Deen und grinste von einem Ohr zum anderen.

Ajay kratzte sich am Kopf, was bedeutet, daß er nachdachte. Er kratzte fester und fester, was normalerweise bedeutet, daß ihm nichts einfällt.

Mir fiel auch nichts ein, aber ich fragte: »Hast du eine Eidechse in deinem Bett gefunden?« »Viel schlimmer als das«, erwiderte unser Besucher.

»Was?« fragten Ajay und ich zur selben Zeit.

»Ich werde es euch erzählen«, sagte der Hauptmann. Dann lief er im Zimmer umher wie ein Schauspieler, erzählte seine Geschichte und spielte sie teilweise auch.

»Ich war ungewöhnlich müde, als ich mich fürs Bett fertigmachte«, begann er. »Da ich zu faul war, die Sachen wegzuräumen, ließ ich alles liegen. Ich fürchte, daß ich nicht so ordentlich bin, wie ich sein sollte.«

Ich nickte Ajay zu, denn er ist meistens unordentlich.

Onkel Mehta fuhr fort: »Also, ich war so müde, daß mir sofort die Augen zufielen, als ich im Bett lag. Ich schaute nicht auf die Uhr, wußte also nicht, wie spät es war. Ich weiß nur, daß ich für kurze Zeit gut geschlafen hatte, als ich plötzlich mit einem unangenehmen, angstvollen Gefühl aufwachte, wie man es manchmal nachts beim Aufwachen hat.«

»War jemand im Zimmer?« fragte Ajay.

»Kein Jemand«, erwiderte der Onkel.

»Etwas?« fragte ich.

Hauptmann Mehta schaute Ajay und mich an, und wir wußten, daß er unsere Fragen gehört hatte, aber er antwortete nicht. Er stand nur einfach da – er war wirklich ein guter Schauspieler – und steigerte durch sein Schweigen unsere Spannung.

Auf einmal konnte Ajay nicht mehr still sein und fragte: »Wer war bei dir im Zimmer?«

»Es war doch kein ›wer‹, sondern ein ›was‹!« sagte ich.

»Du hast recht«, sagte unser Besuch. »Ich öffnete ein Auge und konnte mich gerade noch davor zurückhalten, aus dem Bett zu springen. Der Mond schien verschwommen durch das Fenster, und es war gerade genug Licht da, um eine schwarze Schlange zu sehen, die zusammengerollt auf meiner Bettdecke lag.«

»Eine Schlange!« rief ich aus. Ich sprang fast in die Höhe, wie beim Krokodilspiel, als ich dachte, ich würde fast auf eine Schlange treten. Hauptmann Mehta nickte.

»Die Schlange lag auf deinem Bett?« fragte ich und dachte, wie fürchterlich es wäre, wenn ich bei mir eine finden würde. »Wie schrecklich!«

»Ja, es war schrecklich«, antwortete Hauptmann Mehta.

»Furchtbar schrecklich«, murmelte Ajay.

Der Hauptmann schwieg einen Augenblick – ganz und gar wie ein Schauspieler. Man meinte, er würde wirklich sein Bett mit der Schlange darauf sehen. Ich konnte es mir auch vorstellen.

Ich war so gespannt, ich konnte kaum atmen.

»Was für eine Schlange war es?« fragte Ajay.

Hauptmann Mehta hob seine Hand und gebot Schweigen, als wenn wir das Reptil erschrecken könnten und es ihm gefährlich werden könnte.

Ajay schaute mich an. Ich schaute ihn an. Unsere Augen waren weit aufgerissen. Wir schauten beide Deen an, der ganz ernst zu sein schien.

Endlich fuhr der Hauptmann fort und sagte: »Ich hob mich ganz langsam auf meine Ellbogen und zog dann ganz, ganz langsam meine Füße unter der Schlange weg. Dann sprang ich mit einem Satz aus dem Bett auf den Fußboden.« Der Hauptmann machte einen Sprung, um zu illustrieren, was geschehen war.

Ich sprang auch, stieß gegen Deen und warf ihn fast auf den Boden.

»Dann«, fuhr der Besucher fort, »machte ich einen weiteren Sprung, kam zur Tür und nahm meinen Stock, der dort lag. Ich schnappte ihn, sprang zum Bett zurück und schlug die Schlange in Stücke.«

»Was für eine Schlange war es?« fragte ich. »Eine Kobra?«

»Ich schaltete das Licht ein«, sagte der Hauptmann langsam.

»Und . . .?« fiel ich ein.

Jetzt drehte sich der Hauptmann zu Ajay und mir. Er schaute uns einen Augenblick an, als wenn dieses Abenteuer das schrecklichste Erlebnis seines Lebens gewesen wäre. Dann begann er plötzlich zu lachen.

Er lachte und lachte, bis ihm die Tränen kamen und er seinen Bauch halten mußte.

Deen lachte auch. Er lachte fast so schlimm wie sein Vater. Aber ich lachte nicht. Für mich gibt es nichts Komisches, wenn es um Schlangen geht. Es konnte doch nichts Lustiges sein, eine Schlange im Bett zu finden. Und das nachts im Schlaf.

»Hast du die Schlange getötet?« fragte ich.

Hauptmann Mehta schüttelte den Kopf.

»Was geschah dann?« wollte ich wissen.

Der Hauptmann lachte wieder. Deen lachte ebenfalls. Beide konnten endlich unter großen Schwierigkeiten die Beherrschung wiederfinden.

»Sag du es ihnen, Papa!« sagte Deen.

»Könnt ihr euch meine Erleichterung vorstellen«, brachte der Hauptmann endlich heraus, »als ich sah, daß ich meinen schwarzen Schlips geschlagen hatte, den ich am vorigen Abend getragen und dann beim Ausziehen einfach irgendwohin geworfen hatte?«

»Deinen Schlips?« rief ich aus. »Es war keine Schlange?«

»Meine Güte!« sagte Hauptmann Mehta. »Es sah aus wie eine. In der Nacht habe ich etwas gelernt. Ich muß meine Kleider immer ordentlich weglegen, ehe ich ins Bett gehe! Ihr könnt euch vorstellen, daß ich die ganze Nacht von Kobras und Ratten und allen möglichen schrecklichen Dingen träumte. Glücklicherweise waren sie genauso unwirklich und ungefährlich wie der ›Schlangenschlips‹.«

»Aber es mußte doch schrecklich gewesen sein, Onkel«, meinte ich. »Unser Mädchen erzählte mir vor einigen Tagen etwas, was wirklich passiert ist und viel schlimmer war. Sie hatte gerade ihr erstes Baby bekommen und lag im Bett in ihrem Dorf. Plötzlich erwachte sie voller Furcht. Sie wußte zuerst nicht, warum. Als sie sich jedoch den Schlaf aus den Augen gerieben hatte, sah sie eine große Schlange von den Balken unter dem Dach herunterhängen. Sie sagte, die Schlange sah riesig aus, als sie so hin- und herschwang, das Maul weit offenhielt und die gespaltene Zunge bewegte. In ihrer Einbildung sah das Maul so groß aus. als wenn es ihr Baby verschlingen könnte und sie ebenfalls.

Dann nahm sie sich zusammen und sah sich die Schlange genauer an. Sie sah, daß es nur eine Froschschlange war, die natürlich Frösche frißt. Vielleicht würde dieses Exemplar aber denken, das Baby wäre ein großer Frosch?! Es war noch sehr klein, erst drei Tage alt. Plötzlich fiel die Schlange mit einem Plumps auf das Bett!

Sie sagte, sie konnte sich kaum bewegen, und hielt fast den Atem an. Sie wußte, daß die Schlange ihr Baby verschlingen würde, aber sie konnte sich nicht von der Stelle rühren, um es zu beschützen.

Die Schlange lag einige Zeit still da, es schien ihr wie Stunden vorzukommen, und glitt dann langsam weg. ›Ich kann es jetzt noch spüren, wie sie sich über mich schlängelte, auf den Boden glitt und dann in einem Loch in der Wand verschwand‹, erzählte sie mir. ›Ich hatte immer gedacht, das wäre ein Rattenloch in der Wand. Aber jetzt wußte ich, daß es ein Schlangenloch war! Am nächsten Morgen steckte ich einen dicken Stein tief hinein, so daß der Ausgang blockiert war. Natürlich hatte die Schlange noch andere Ausgänge, und ich schaute mich vorsichtig um, ob sie nicht doch in meinem Zimmer war. Aber ich sah sie nicht mehr und hatte auch keine Angst mehr.«

»Ja«, sagte Onkel Mehta, »ich bin so froh, daß es bei mir keine wirkliche Schlange war.«

»Oh, es war trotzdem schrecklich«, meinte ich. »Ich glaube, ich könnte nie mehr in dem Zimmer schlafen, wenn mir das passiert wäre. Da bin ich ganz sicher.«

8. Der verschwindende Fluß

Wie ich bereits sagte, kam Hauptmann Mehta fast jeden Tag, um nach uns zu schauen. Es war sehr freundlich von ihm, wo Papa in Delhi war.

»Warum kommt Onkel Lal nicht öfter zu uns?« fragte ich Mama.

»Oh, er kommt doch«, antwortete sie. »Er war letzten Sonntagabend hier zum Essen.« Aber ich konnte sehen, daß Mama auch nicht verstand, warum ihr Bruder, unser lieber Onkel, nicht öfter kam.

»Was ich nicht verstehe, ist, warum uns Onkel Lal nicht mehr Anweisungen wegen des Spions gegeben hat«, sagte ich.

Mama holte Luft, um etwas zu sagen, schwieg dann aber.

»Weißt du etwas über den Spion, Mama?« fragte ich. Sie schwieg einen Moment, aber ich wußte, sie würde etwas sagen. So winkte ich Ajay, nicht zu sprechen und ganz still zu bleiben.

Endlich sagte Mama: »Ich weiß nur, daß Onkel Lal sehr beschäftigt ist. Er ist fast Tag und Nacht auf seinem Posten.«

»Das ist sicher deswegen, weil es so viele Schwierigkeiten mit dem Spion gibt«, rief Ajay.

Mama sagte nichts darauf.

Vielleicht hätte sie etwas gesagt, vielleicht auch nicht. Ich weiß es nicht, denn gerade in dem Augenblick hörten wir draußen ein bekanntes Autogeräusch. Selbst wenn wir uns beim Motorengeräusch geirrt hätten – die Hupe würden wir immer erkennen!

»Papa ist gekommen!« rief Ajay und rannte hinaus. Ich war sofort hinter ihm.

»Er hat uns alle überrascht!« hörte ich Mama sagen, als sie hinter uns herauskam. »Er wollte frühestens am Samstag hier sein.«

Als wir an den Wagen kamen, sahen wir, daß Papa an Onkel Lals Büro vorbeigefahren war und ihn auch mitgebracht hatte.

»Du mußt die ganze Nacht gefahren sein«, sagte Mama, als sie Papa begrüßte.

»Ich bekam ein dringendes Telegramm von Lal«, sagte Papa.

Die beiden Männer schauten einander an, als ob Papa etwas gesagt hatte, was er nicht sollte.

»Hast du den Spion gefangen?« fragte Ajay laut.

»Leise, Ajay!« bat Onkel Lal. »Wenn du so darüber sprichst, kann ich euch nichts mehr erzählen.«

Mama und ich schauten uns an. Wir hatten beide den gleichen Gedanken. Der Grund, warum wir Onkel Lal so selten gesehen hatten und warum Papa früher als geplant aus Delhi zurückgekommen war, waren Schwierigkeiten hier in Pahalata – vielleicht mit dem Spion.

»Du möchtest sicher etwas schlafen«, sagte Onkel Lal zu Papa.

»Ich bin gerade angekommen«, erwiderte Papa etwas müde, »und ich habe meine Familie lange nicht gesehen. Ich möchte mich nur ein wenig entspannen. Warum gehen wir nach dem Frühstück nicht alle in den Park und bleiben dort ein bißchen? Wir könnten die Mehtas bitten, daß sie auch kommen.«

»Das ist eine großartige Idee«, stimmte Onkel Lal zu. Jetzt verstand ich Papa. Natürlich gingen zwei stark beschäftigte Männer wie Onkel Lal und Papa nicht einfach zum Vergnügen in den Park, und sie würden Hauptmann Mehta nicht ohne Grund dazu einladen. Sie wollten über sehr wichtige Dinge sprechen!

Papa und Onkel Lal frühstückten zusammen. Dann kamen die Mehtas, und wir machten uns auf den Weg.

Wie ihr wißt, ist das Gebiet, in dem wir wohnen, eine wunderschöne Gebirgslandschaft. Viele Bäche schlängeln sich zum Fuß der Berge und tragen ihre Schneewasser in die Täler.

Überall, wo man hinkommt, hört man den lieblichen Gesang der Vögel. Ab und zu sieht man, wie sie von Zweig zu Zweig hüpfen und Insekten fangen. Natürlich gibt es hier, wie überall, Spatzen.

Die schieferbedeckten Häuser schmiegen sich malerisch an die Bergrücken. Ihre Dächer sind mit Steinbrocken beschwert, damit sie die starken Stürme, die in dieser Gegend oft toben, nicht wegreißen können.

»Es ist hier in Pahalata so wunderschön«, sagte ich zu Deen, als wir nebeneinander liefen.

Ich wußte, daß Deen mich gehört hatte, aber ich bezweifle, daß er die Worte verstanden hatte, denn er flüsterte mir zu: »Es muß einen Grund geben, warum mein Papa und euer Papa und General Lal alleine sein wollen.«

»Im Park wird sie wirklich niemand stören«, stimmte ich zu. »Niemand wird wissen, daß sie überhaupt dort sind.«

»So kann auch niemand hören, worüber sie sprechen«, fügte Deen hinzu.

Sobald wir den Park erreicht hatten, wandten sich die drei Männer ab und stellten sich in die Nähe einiger Büsche. Ich dachte, es wäre fast wie unser Geheimplatz in Delhi.

»Ihr dürft Papa und die beiden anderen Männer nicht stören«, warnte Mama.

»Werden wir nicht tun«, versprach ich.

Deen, Shanti, Ajay und ich spielten Fangen. Man konnte auf so einem offenen Platz schlecht »Räuber und Gendarm« spielen.

Als wir uns müde getobt hatten, schlug ich vor: »Kommt, wir gehen auf Untersuchungsjagd. Wir haben noch nicht einmal nach unserem verschwindenden Fluß geschaut!«

»Geht nicht zu weit«, warnte Mama.

»Weißt du noch, wie wir dir von dem kleinen Fluß erzählt haben, der verschwindet?« fragte ich. »Er ist nicht weit von hier. Du kannst uns hören, wenn wir rufen.«

»Ihr könnt gehen«, sagte Mama, »aber seid bitte vorsichtig.«

Frau Mehta erlaubte es Deen und Shanti ebenfalls und wir rannten zu viert los.

Wie ich bereits berichtete, entdeckten wir den verschwindenden Fluß am Ende unserer Ferien im letzten Jahr. Wie ihr euch denken könnt, gibt es eine Menge Flüsse hier in den Bergen. Dieser floß auch den Berg hinunter, aber dann verschwand er plötzlich. Ja, er verschwand ganz einfach.

Damals hatten wir uns gleich entschlossen, der Sache auf den Grund zu gehen. Jetzt wollten wir endlich herausfinden, was mit ihm geschieht.

Als wir zum Fluß hinuntergingen, hatte ich ein Gefühl, als ob wir noch einen anderen Grund hatten. Ich kann es nicht genau erklären. Ich hatte das Gefühl, als ob wir jetzt wirklich anfingen, nach dem Spion zu suchen.

Wie aufregend war allein schon der Gedanke! Wenn wir »Spion« spielten, war das schon eine tolle Sache. Aber jetzt würden wir vielleicht einen richtigen Spion sehen und unserem Land und der Armee helfen!

Ich wußte, wir mußten sehr klug und vorsichtig sein.

Es dauerte nicht lange, bis wir unseren Fluß fanden, an den Seiten eingerahmt von leuchtend grünem Moos und langem Gras.

Ja, er sah genauso aus, wie wir ihn in Erinnerung hatten. Die Sonne stand hoch am Himmel und ließ den Strom wie Streifen aus zerbrochenem Glas glitzern.

»Herrlich!« rief ich aus.

»Aber schaut doch mal dort hinunter«, sagte Deen. »Seht ihr, wie das glitzernde Wasser verschwindet? Wir wollen da hinuntergehen. Wir müssen sehen, was mit ihm passiert.«

»Ajay und Shanti, ihr geht zurück zum Park zu Mama und Tante Mehta.«

»Aber ich will auch mit entdecken«, protestierte Ajay.

»Ich auch!« rief Shanti.

»Gut«, sagte ich, »aber wir müssen alle vorsichtig sein.«

»Wir machen ein Wettrennen«, rief Deen. »Ich werde erster.«

Er wurde es. Wir rannten zwar, so schnell wir konnten, kamen aber prustend und keuchend lange hinter ihm an. Da wir in diesem Sommer noch keine Bergwanderungen gemacht hatten, waren wir noch nicht in Form.

Als wir Deen eingeholt hatten, schaute er in ein Loch im Boden, wo der Fluß mit Zischen und Poltern zwischen zwei großen Steinen verschwand.

»Wohin geht er?« fragte ich.

»Ich weiß es nicht. Das wollen wir ja herausfinden«, antwortete Deen.

»Aber wie?« fragte ich.

»Durch Untersuchen«, erklärte Deen.

Das taten wir dann auch. Wir gingen langsam gerade den Berg hinunter. Einige Meter weiter unten kamen wir an eine Stelle, da verwandelte sich der Bergrücken plötzlich in eine steil abfallende Klippe. Es war zu steil, um hinunterzuklettern, aber Deen legte sich auf den Bauch und konnte nach unten schauen. »Ja«, schrie er, »hier ist er.«

Nun legten wir uns auch so hin und sahen den Fluß durch einen schmalen Spalt im Berg etwa sechs Meter unterhalb des steilen Felsens wieder herausfließen.

Wir gingen auf dem schmalen Felsen einige Meter nach rechts. Dort konnten wir an einer Stelle zu dem Loch hinunterklettern, wo das Wasser wieder erschien.

»Wißt ihr, was ich glaube?« fragte Deen. Ehe jemand antworten konnte, fuhr er fort: »Ich glaube, das Wasser kommt aus einer Höhle.«

»Meinst du, wir sind die ersten, die diese Höhle entdecken?« fragte ich.

»Vielleicht wissen einige Hirten etwas davon«, erwiderte Deen. Er kniete sich hin und rutschte näher und näher, um das Loch im Felsen anzuschauen.

»Es ist eine Höhle!« rief er aus. »Laßt uns hineingehen!«

»Seid vorsichtig«, mahnte ich. Aber ich war natürlich genauso daran interessiert hineinzugehen, wie die anderen.

»Ajay«, schimpfte ich, denn ich wußte nicht, was wir mit den beiden jüngeren tun sollten, »ihr hättet nicht mitkommen sollen.«

Gleich merkte ich, daß ich zu unfreundlich geredet hatte, denn Shantis Augen füllten sich mit Tränen, und Ajay biß sich auf die Unterlippe, wie er es immer tut, wenn jemand unfreundlich zu ihm spricht.

»Es ist gefährlich«, fügte ich hinzu und versuchte, freundlicher zu sein. »Wir möchten nicht, daß euch etwas passiert.«

»Es sieht aus, als wenn man ganz leicht hineinklettern könnte. Ich glaube nicht, daß es gefährlich ist«, sagte Deen.

Dann verschwand Deen vor unseren Augen.

»Kommt«, sagte ich zu Ajay und Shanti, »folgt mir.«

Es war ein ziemlich kleines Loch, aber wir waren auch klein. Vorsichtig, mit ein bißchen Schieben und Paddeln im Wasser waren wir endlich drinnen.

Wir standen in einem etwa drei Meter langen Tunnel. Am Ende öffnete sich eine Höhle. Man hörte ein komisches Geräusch. Ich konnte mir nicht erklären, was es war. Vielleicht das Brummen eines Bärs? Daran hatte ich bisher nicht gedacht, aber es konnte sein!

Zuerst, als wir hineinkamen, konnten wir nichts sehen. Wir kamen aus dem hellen Sonnenlicht, und unsere Augen mußten sich erst an die Dämmerung in der Höhle gewöhnen. Hier war tatsächlich das Geheimnis des verschwindenden Flusses!

Wir konnten uns jetzt auch das Geräusch erklären. Ein kleiner Wasserfall rauschte aus dem Felsen.

»Das ist der Fluß«, sagte Deen, »er kommt von oben von der Stelle in der Erde, wo er verschwindet.«

»Ist das nicht toll?« flüsterte ich. Es sah wirklich sehr schön aus, wie ein Silberband, das sich vom Dach der Höhle bis zum Teich erstreckte.

»Es ist wie Aladins Höhle«, sagte ich.

»Was sind diese glitzernden Dinger an den Seiten?« wollte Shanti wissen. »Sie sehen wie Edelsteine aus.«

»Oder Glühwürmchen«, sagte ich. Natürlich wußten wir, daß es hier im Gebirge keine Glühwürmchen gab. Deen ging zu einem dieser glänzenden Dinger. (Es soll niemand sagen, daß Jungen weniger neugierig sind als Mädchen.) Er konnte einige Stücke von dem Felsen abbrechen. Als er sie uns zeigte, sahen wir, daß es Kristalle waren. Einige waren ganz klar wie Eisstücke. Andere sahen aus, als hätten sie kleine Stücke Farn oder Moos eingeschlossen.

Nach und nach konnten wir ziemlich gut sehen.

Plötzlich erschreckte uns Shanti mit einem Schrei: »Schaut! Schaut! Was ist das?«

»Wir drehten uns schnell um, erwarteten mindestens einen Bären und sahen nichts. Wir konnten uns nicht erklären, warum sie so geschrien hatte und warum sie in eine Ekke zeigte. Dann entdeckten wir es alle.

Nein, kein Bär, auch kein Kobold, von dem ich gelesen hatte und der in so einer Höhle leben könnte. Hinten neben dem Wasserfall, in einem perfekten Versteck, war etwas, was zuerst nur wie ein Haufen Gerümpel ausgesehen hatte.

Dieses Gerümpel war etwas ganz Wichtiges!

Deen führte uns, und wir bewegten uns über schlüpfrige Felsen zu einem schmalen Vorsprung hinter dem Wasserfall.

»Vorsicht, Ajay!« mahnte ich.

»Vorsicht, Shanti«, mahnte Deen ebenfalls.

Als wir bei dem Gerümpel ankamen, sahen wir, daß es eine nette kleine Lagerstelle war.

»Jemand benutzt das als Bett«, sagte ich.

»Wir müssen schnell wieder hinausgehen«, rief Ajay ängstlich.

»Könnte es der Spion sein?« fragte ich.

Mir lief es kalt über den Rücken. Es war kühl in der Höhle, aber das war nicht der Grund für meine Gänsehaut!

Ich schaute mich vorsichtig um.

Die anderen auch.

Wir dachten alle dasselbe. War das das Versteck des Spions? Wenn er sich in der Dunkelheit irgendwo versteckt hielt und uns jetzt beobachtete. Was wäre, wenn es mehrere Spione wären, die sich plötzlich auf uns stürzten?

»Laßt uns gehen«, flüsterte Shanti.

Das war sicher das beste. Onkel Lal hatte uns gebeten, ihm bei der Suche nach dem Spion zu helfen. Ich wußte, warum er uns nicht mehr darüber erzählt hatte. Als er auf seinen Posten nach Pahalata zurückgekehrt war, hatte er wahrscheinlich gemerkt, wie gefährlich diese Spionagesache war. Sicher dachte er, daß besser keine Kinder darin verwickelt werden sollten. Vielleicht!

Aber nun standen wir in dieser geheimnisvollen Höhle. Und gerade vor uns konnte das Versteck des Spions sein.

Deen führte uns mutig weiter. Wir schauten alles genau an, berührten aber nichts. Wir sahen, daß Decken über einen Haufen von getrocknetem Farn gelegt waren. Es gab Konserven und einen Sack mit Mehl. Einiges davon war auf den Boden gefallen. Sogar ein Kerosin-Öfchen stand da.

»Es ist alles da, daß jemand hier wochenlang leben kann«, sagte ich.

»Es ist aufregend«, sagte Deen, »aber trotzdem sollten wir gehen.«

Ich nickte. Aber einen Augenblick konnte ich nur dastehen und unsere Entdeckung anschauen, genau wie die anderen. Sicher hatten wir das Versteck des Spions gefunden!

Hier konnte er sich lange Zeit verstecken. Lang genug, bis er das herausgefunden hatte, was irgendwelche Leute von ihm wissen wollten.

Unsere Herzen schlugen so laut und stark, daß wir sie fühlten und fast gegenseitig hören konnten.

Je länger wir standen, desto sicherer wurden wir, daß wir das Versteck des Spions gefunden hatten. Was noch viel wichtiger war: Wir hatten das Versteck gefunden, als der Spion nicht da war!

Was sollten wir tun?

Uns war klar, daß wir nicht länger bleiben durften, denn falls er zurückkäme, würde er uns fangen. Sorgfältig verwischten wir unsere Fußspuren und kletterten hastig aus dem Tunnel. Dort verwischten wir auch alle unsere Spuren, die wir sehen konnten. Dann schauten wir uns um, um sicher zu sein, daß uns niemand beobachtete, kletterten den Hand hinauf und rannten so schnell wie nie in unserem Leben zurück zum Park und zu Papa, Onkel Lal und Onkel Mehta.

Ich hatte mich noch nie so sehr danach gesehnt, sie zu sehen.

9. Hatten wir das Versteck des Spions gefunden?

»Warum die Eile?« fragte Hauptmann Mehta, als wie ankamen.

Wir schauten uns um, ob niemand zu sehen war, und erzählten Papa und dem Hauptmann, was wir gefunden hatten. Wir waren so aufgeregt, daß wir gar nicht merkten, daß Onkel Lal nicht mehr da war.

Jeder von uns platzte mit den Neuigkeiten heraus, zuerst erzählte einer, dann der andere, und ich fürchte, wir sprachen auch oft durcheinander. Aber wir bekamen die Geschichte schließlich doch klar und deutlich heraus.

»Wir müssen schnell zum General und es ihm erzählen!« rief Hauptmann Mehta. »Er ging vor ganz kurzer Zeit zurück in sein Büro.«

Wir liefen zusammen zu unserem Haus, sprangen ins Auto und fuhren zum Militärhauptquartier.

Als wir ankamen, befand sich Onkel Lal – oh, Entschuldigung, jetzt wo wir in seinem Hauptquartier sind, sollte ich ihn General Lal nennen – mit seinem Sekretär im Büro. Ein Blick auf unsere Gesichter sagte ihm, daß wir etwas Wichtiges zu erzählen hatten, und er schickte seinen Sekretär sofort hinaus.

»Wir haben das Versteck des Spions gefunden!« platzte Deen heraus, fast ehe der Sekretär draußen war.

»Wir denken es jedenfalls«, verbesserte ich. Zuerst wollte Onkel Lal uns nicht glauben. Er ist nicht General geworden, indem er jede Geschichte glaubte, die er hörte. Als wir ihm jedoch alles erzählt hatten, sprang er auf und ging im Zimmer auf und ab. Mit einer sehr zufrieden klingenden Stimme sagte er: »Gut gemacht! Wirklich gut gemacht! Welch ein guter Anfang!«

Er wandte sich an Hauptmann Mehta. »Was meinen Sie, Hauptmann?« fragte er.

»Es könnte tatsächlich das Versteck des Spions sein«, erwiderte der Hauptmann. Er wandte sich zu uns Kindern und fuhr fort: »Konntet ihr Gewehre, Kameras oder irgendwelche anderen Dinge sehen, die ein sicherer Hinweis sind, daß es das Versteck eines Spions ist?«

Wir vier Kinder legten die Stirnen in Falten und überlegten.

»Wir wollten nichts verändern«, sagte ich, »deshalb konnten wir nicht viel sehen.«

»Wir dachten, wir sollten nichts berühren«, fügte Deen hinzu.

»Es ist der beste Hinweis, den wir bisher haben«, meinte Hauptmann Mehta.

»Das ist wahr«, stimmte Onkel Lal zu. Dann wandte er

sich zu uns und sagte: »Als wir euch Kinder an dem Geheimnis um den Spion teilhaben ließen, damals in Dehli, fragte ich mich im Stillen, ob es klug gewesen war, euch das zu erzählen. Aber unsere Männer hier im Hauptquartier haben es nicht geschafft, irgend etwas ausfindig zu machen. Anscheinend ist dieser Mann so klug und hat so viele Arten der Verkleidung, daß wir nicht einmal wissen, wie er wirklich aussieht.

Ihr habt in einem Tag mehr geschafft als wir in mehreren Monaten. *Natürlich* habt ihr Glück gehabt, aber ihr habt euch auch sehr klug verhalten. Jetzt müssen wir uns den nächsten Schritt gut überlegen. Wir haben vielleicht nicht immer das Glück auf unserer Seite. Wir müssen bedenken, daß der Spion, wenn er euch einmal sieht und merkt, daß ihr ihm auf der Spur seid, weglaufen wird.«

Onkel Lal schaute Hauptmann Mehta einen Moment an.

»Meine Männer sind bereit, sich auf Ihr Kommando in Bewegung zu setzen, Sir«, sagte Hauptmann Mehta. Onkel Lal nickte leicht. Er schaute uns Kinder an. Schaute zurück zu Hauptmann Mehta, dann wieder zu uns.

»Wir könnten Hauptmann Mehta und seine Männer heute nacht in die Höhle schicken«, sagte Onkel Lal. »Das Problem ist jedoch, daß wir den Spion bei seiner Arbeit fangen müssen. Wir wissen auch nicht, ob wir in der Höhle irgendwelche Hinweise finden würden. Es war klug von euch, daß ihr nichts an den Sachen verändert habt.« »Nein«, sagte er und schaute Hauptmann Mehta an. »Ich glaube, wir müssen uns noch einmal von diesen Kindern helfen lassen.«

Ich muß zugeben, daß mein Herz noch nie so vor Aufregung geklopft hatte wie jetzt. Aber es war nicht nur die Aufregung. Ich hatte auch Angst vor dem, was die Zukunft für uns Detektive bringen würde.

Onkel Lal fuhr fort: »Unsere größte Sorge ist: Wie können wir ihn fangen, ohne unser Leben zu riskieren? Wir wissen, daß er ein sehr gefährlicher Mann ist. Wir müssen ihn nicht nur fangen, sondern wir müssen ihn fangen, wenn er tatsächlich spioniert. Sonst könnte er einfach sagen, er wäre nur ein Hippy, der billige Ferien in den Bergen verlebt.«

Er rieb sich den Kopf und fuhr fort: »Ihr habt ihn gefunden, und wir möchten nicht, daß er irgendwo anders hingeht.« Wir Kinder nickten. Das wollten wir auch nicht.

»Ihr habt erzählt, daß die Höhle nicht weit vom Park weg ist. Gibt es in der Nähe des Eingangs irgendein Versteck?« fragte Onkel Lal.

»Ganz in der Nähe sind Bäume mit Büschen«, antwortete Deen.

»Ja«, stimmte ich zu, »da gibt es einen guten Platz etwa zwanzig Meter vor dem Eingang zur Höhle.«

»Könnt ihr dahin gehen, ohne beobachtet zu werden?« fragte Onkel Lal. »Könntet ihr euch dort verstecken und aufpassen?«

Wir Kinder schauten uns mit weit aufgerissenen Augen an. Was für ein gefährlicher und aufregender Auftrag!

»Ich werde euch ein Fernglas leihen«, begann Onkel Lal. »Und ich bringe euch morgen früh kurz vor Tagesanbruch hin.«

So wurden wir am nächsten Morgen sehr früh zu unserem Versteck gebracht.

Die Sonne ging in all ihrer Pracht auf. Auch ohne das Fernglas konnten wir den Eingang der Höhle gut sehen.

Ein kalter Wind blies über die Berghänge. Ich wußte nicht, ob ich deswegen so fror oder wegen der Aufregung! Aber ich fror.

Natürlich konnte es Angst sein, aber das würde ich nicht zugeben. O nein, ich wollte ein mutiger, furchtloser Detektiv sein.

Wir schauten abwechselnd durch das Fernglas. Man hatte dann das Gefühl, als ob man gerade am Ausgang des Flusses säße.

Keiner von uns sprach ein Wort.

Dann, etwa eine halbe Stunde später, zischte Deen leise. Wir konnten jemand hinten aus der Höhle herausklettern sehen. Ich hielt das Fernglas an die Augen, als sich der Mann gerade umdrehte. Ich konnte sein Gesicht ganz klar sehen. Es schien so nahe.

Beinah ließ ich das Fernglas fallen. Ich dachte, er müßte mich auch sehen, was er natürlich nicht konnte.

War ich froh, daß er das nicht konnte, denn er hatte ein sehr böses Gesicht. Dieses Gesicht würde ich nicht vergessen, das war sicher. Ich würde ihn leicht wiedererkennen, wenn ich ihn jemals wiedersah. Ich hatte das Gefühl, als wenn ich noch nie ein so schreckliches, listiges und häßliches Gesicht gesehen hätte.

Besonders seine Augen fielen mir auf. Sie waren wie feurige Kohlen, die glühten; wie die Augen eines Panthers, wenn die Autoscheinwerfer voll in sein Gesicht leuchten.

Die Augen sahen nicht nur feurig aus, sie sahen aus wie die Augen eines grausamen und schlechten Menschen.

»Was tut er?« fragte Deen.

»O nein!« keuchte ich.

Ich gab Deen das Fernglas, und er hielt es vor Augen. »Er verläßt die Höhle!« flüsterte Deen und gab mir das Fernglas zurück.

»Ja, das tat er. Er verließ sein Versteck. Er hatte einen großen Sack mit ... nun, wir wußten nicht, mit was er gefüllt war ..., aber wir waren ziemlich sicher, daß alle seine Essensvorräte darin waren, denn er trug sein Bettzeug auf dem Arm.

Wir schauten abwechselnd durch das Fernglas, bis wir ihn alle genau gesehen hatten und wiederkennen konnten, wenn wir ihn jemals wiedersehen würden.

»Jetzt werden wir ihn verlieren«, seufzte ich. »Wie tragisch.«

Warum ging er weg? Wo wir doch gerade herausgefunden hatten, wo er lebte, und ihn beobachten konnten? Warum?

Hatte er gemerkt, daß jemand anderes in der Höhle gewesen war? Hatten wir etwas fallenlassen? Vielleicht ein Taschentuch? Hatten wir eine Fußspur übersehen, obwohl wir dachten, wir hätten sie alle so sorgfältig weggewischt?

Ja, wir mußten irgend etwas Auffälliges hinterlassen haben. Wie unachtsam von uns! Wie ärgerlich würde der General auf uns sein, wenn wenn wir ihm das erzählten. Er würde uns nie mehr vertrauen!

Das mußte es sein. Der Spion hatte irgendwelche Spuren entdeckt. Er hatte Angst bekommen und beschlossen, zu fliehen. Vielleicht hatte er auch seine Aufgabe erfüllt, obwohl das kaum sein konnte.

Was immer der Grund war, es war zum Verrücktwerden.

Wir hatten solche Hoffnungen gehabt und hatten noch gar nichs erreicht, wenigstens nichts, was wirklich Wert hatte.

Doch, etwas gab es. Ich kannte jetzt sein Gesicht. Ich wußte, wie er aussah, und würde ihn gut genug in Erinnerung behalten, um ihn wiederzuerkennen.

Aber was nützte das?

Ich würde ihn wahrscheinlich nie wiedersehen. Wir wußten nicht einmal mit Sicherheit, ob er überhaupt der Spion war. Es ist kein Verbrechen, in einer Höhle am Berghang zu leben! Er war zwar da, aber das war kein Beweis, daß er ein Spion war!

»Meine Güte!« seufzte ich, als wir ihn beobachteten, wie er mit seinem Sack auf der einen Schulter und dem Bettzeug auf der anderen den Berg hinunterging.

Wir waren noch zu schockiert, um sprechen zu können. Dann packten wir unsere Frühstücksbrote aus, öffneten die Thermosflasche mit Tee und aßen und dachten nach und aßen und dachten nach!

Was konnten wir tun? Wie traurig war alles, und wie schlecht fühlten wir uns.

Immer wieder ging mir durch den Kopf, daß uns General

Lal – mein lieber Onkel Lal – nie mehr vertrauen würde. Davor fürchtete ich mich.

»Wir müssen etwas getan oder verloren haben, das unseren Besuch verrät«, sagte Deen leise.

»Was können wir jetzt tun?« fragte Ajay.

»Ich glaube, wir können gar nichts mehr tun«, sagte ich traurig.

Der Spion, oder wer es auch immer war, war nun aus unseren Augen verschwunden.

»Ich würde gerne zu unserem Haus zurückgehen«, sagte Shanti zu Deen.

Aber dann fiel mir etwas ein.

»Jetzt können wir uns die Höhle doch richtig ansehen«, sagte ich. »Er ist ja weg.«

Die anderen schienen von dem Gedanken nicht begeistert zu sein, aber sie lehnten ihn auch nicht ab. So ging ich voran, und sie folgten mir das kurze Stück bis zum Eingang der Höhle.

»Laßt uns einfach herumschauen«, sagte ich.

»Aber wir werden nichts finden«, entgegnete Deen.

»Was gibt es denn für uns zu finden?« fragte Ajay.

»Zum Beispiel das!« rief ich aus und zeigte auf die Erde. Gerade vor uns, vor dem Eingang, durch den der Spion geklettert war, lag ein kleines schwarzes Notizbuch, fast ganz unterm Gras versteckt.

»Das muß ihm aus der Tasche gefallen sein«, rief Deen und hob es auf.

Sofort rannten wir zurück zu unserem Versteck.

Und es war gut, daß wir das taten!

»Schaut!« flüsterte Ajay, stieß mich am Arm und zeigte hinunter.

Der Spion kam wieder den Berg herauf. Er ging zum Eingang der Höhle!

»Ich habe schreckliche Angst«, flüsterte Shanti.

»Wir müssen wegrennen«, sagte Ajay.

Er wollte losrennen, aber Deen schnappte ihn gerade noch am Bein und zog ihn zurück.

»Der Mann darf uns nicht sehen!« warnte er.

Nun kauerten wir uns alle hin, so tief wir konnten, so daß wir vor seinen Blicken vollkommen versteckt waren.

Aber wir konnten den Mann genau sehen, wie er jetzt ohne Sack und Bettzeug hin- und hereilte und den Boden absuchte.

»Er sucht sein Notizbuch«, flüsterte Deen.

»Still!« mahnte ich.

Der Mann kam an den Eingang der Höhle, kniete nieder und kroch wieder hinein.

»Können wir jetzt gehen?« fragte Shanti.

»Ich glaube, wir sollten ihn noch weiter beobachten«, antwortete ihr Bruder. »Ich bin sicher, daß er sein Notizbuch sucht.«

Deen war wirklich ein guter Detektiv, denn nach ganz kurzer Zeit kam der Mann aus der Höhle heraus. Er suchte immer noch überall.

Durch das Fernglas konnte man sehen, daß er zornig war.

Was würde er tun, wenn er wüßte, daß wir das kleine Buch hatten?

Aber er wußte es nicht!

Nach einigen Minuten ging er wieder den Berg hinunter. Ich konnte mir vorstellen, wie er zu sich selber sagte: Ich kann es nicht verloren haben. Es muß irgendwo sein. Vielleicht ist es doch in meinem Sack. Ich werde noch einmal genau nachschauen.

Natürlich war das verlorene Notizbuch nicht in seinem Sack! Es war in unserer Tasche, in der wir vorher unsere Frühstücksbrote gehabt hatten.

»Bitte, laßt uns jetzt gehen«, flüsterte Shanti, als der Mann nicht mehr zu sehen war.

»Gleich, Shanti«, sagte Deen. »Gleich gehen wir. Warte nur noch ein paar Minuten.«

Wir wollten alle gerne in das Notizbuch schauen, entschieden uns aber, daß die Armee das tun sollte.

Wir hofften so sehr, in dem Buch wäre die Bestätigung, daß es sich um den Spion handelte, vor dem die Armee gewarnt worden war! Aber selbst wenn er es wäre, wie konnten wir ihn finden, nachdem er sein Versteck verlassen hatte? Er konnte sogar auf dem Rückweg in sein Land sein, um die Dinge weiterzugeben, die er ausspioniert hatte und auswendig wußte. Aber vielleicht würde er sich keine Einzelheiten merken können. Das hoffte ich jedenfalls. Wer weiß, ob er überhaupt alles herausgefunden hatte, was er wissen mußte! Sonst mußte er noch länger bleiben. Das wäre für uns eine Gelegenheit, ihn zu fangen. Vielleicht, vielleicht, vielleicht!

Schließlich verließen wir unser Versteck und eilten zum Haus der Familie Mehta. Hauptmann Mehta war da und hörte sich gespannt unseren Bericht an. Ihr glaubt gar nicht, wie groß seine Augen wurden, als wir ihm das kleine Notizbuch zeigten!

Er nahm es und ging sofort zum General.

Wir wären gern mitgegangen, aber der Hauptmann forderte uns nicht dazu auf. So hatten wir keine andere Wahl, als dazubleiben.

Nach etwa einer Stunde kam er zurück.

»General Lal ist ziemlich sicher, daß sich in dem Buch die Notizen des Spions befinden«, sagte er, »aber es ist in einer fremden Sprache geschrieben und wir müssen es nach Dehli zur Übersetzung schicken. Sobald er Nachricht von dort hat, wird er euch Bescheid sagen. Er ist sehr zufrieden mit eurer Arbeit.«

Deen und ich schauten uns strahlend an. Wir waren auch zufrieden!

10. Der Leopard

Am nächsten Morgen, als Ajay und ich gerade den Schlaf aus den Augen rieben, kam ein Jeep zu unserem Sommerhaus. Ajay schaute aus dem Fenster und rief: »Es ist ein Jeep von der Armee.«

»Vielleicht weiß Onkel Lal schon etwas über das Notizbuch!« erklärte ich und rannte auch zum Fenster.

Ein Feldwebel stieg aus und kam eilig auf das Haus zu. Ajay lief ins nächste Zimmer, um nichts zu verpassen. Ich zögerte nur einen Moment und besah mir den Jeep. Ich war sicher, daß er vom Büro des Generals kam. Ich hatte Onkel Lal einige Male in ihm gesehen.

Dann hörte ich ein Klopfen an der Tür.

Ich ging zu meinem Bruder.

Wir standen im Hintergrund, so daß wir sehen und hören konnten, ohne selber gesehen zu werden. Mama hatte uns gelehrt, daß wir nicht auf Fremde zueilen sollten, und natürlich durften wir niemals ein Gespräch zwischen den Besuchern und unseren Eltern unterbrechen.

Wir sahen Mama zu Tür gehen, aber es trat niemand ein. Der Feldwebel blieb an der Tür stehen und sprach mit ihr. Wir konnten genau hören, was er sagte.

»General Lal schickt mich, um Sie und die Kinder zu warnen.«

»Der Spion muß in der Nähe sein«, flüsterte Ajay.

»Vielleicht hatte er uns doch gesehen«, erwiderte ich. »Dann will er sich jetzt rächen!«

Wir hörten jedoch, was der Feldwebel weiter sagte: »Es treibt sich ein Leopard in der Gegend herum; er hat mehrere Hunde gerissen. General Lal weiß, daß Ihre Kinder oft mit Hauptmann Mehtas Hund spielen, darum möchte er, daß sie von dem Leopard wissen und besonders vorsichtig sind. Hauptmann Mehta wird seinen Hund früh am Abend anbinden.«

Dann salutierte der Feldwebel, ging zu seinem Jeep zurück und fuhr weg.

»Wir haben gehört, was der Mann gesagt hat«, erklärte ich Mama, als sie uns beim Hereinkommen entdeckte. »Wir passen auf, daß Deen abends rechtzeitig bei Sonnenuntergang Buthi anbindet.«

Jeder weiß, daß Leoparden bis zur Dunkelheit warten, ehe sie auf Futtersuche gehen.

Vor einigen Jahren hatten wir einen niedlichen kleinen Dackel. Er war so ein netter Hund. Aber sehr unartig. Er war auch ein guter Jäger. Wenn es ihn überkam, was oft geschah, hörte er überhaupt nicht auf uns, soviel wir auch riefen. Statt dessen verschwand er über die Hügel und ging auf die Jagd.

Eines Abends, gerade bei Sonnenuntergang, spielten wir mit ihm. Er rannte weg und kam nie wieder zurück. Sicher wurde er von einem Leopard getötet.

Als wir gerade mit dem Frühstück fertig waren und aufstehen wollten, kam Papa und setzte sich zu uns. Er hatte die Morgenzeitung gelesen und uns sprechen gehört.

»Ihr wißt, daß wir euch nicht gern Angst machen«, sagte er. »Aber da ist etwas, über das ich mit euch sprechen muß. Ich wußte nicht genau, was ich euch sagen sollte. Diese Warnung vor dem Leoparden zeigt mir aber, daß ich es euch erzählen muß.«

»Ist es wegen des Spions?« fragte Ajay.

»Wir werden wahrscheinlich nichts mehr über den Spion erfahren, bis Onkel Lal aus Delhi hört, was in dem Notizbuch steht«, erwiderte er.

»Was wolltest du uns denn dann erzählen?« fragte ich.

»Man muß vorsichtig sein, wenn man weiß, daß ein Leopard herumschleicht, der Hunde reißt«, sagte er. Wir merkten, daß er sich jedes Wort überlegte. »Aber man muß doppelt aufpassen, wenn ein Bericht von der anderen Gebirgsseite kommt, daß ein Leopard herumschleicht, der Menschen frißt. Ich mache mir Sorgen, daß dieses Tier über das

Gebirge gekommen sein könnte, um hier zu jagen.«

»Gibt es menschenfressende Leoparden?« fragte Ajay und kuschelte sich dichter an Mama.

»Manchmal«, erwiderte er. »Nicht so oft wie menschenfressende Tiger, aber doch hin und wieder. Aber dann sind sie viel gefährlicher als Tiger.«

Jetzt schmiegte ich mich auch an Mama, obwohl man bei strahlendem Sonnenschein keine Angst zu haben brauchte.

»Ob der Leopard den Spion frißt?« fragte Ajay hoffnungsvoll.

So ernst unser Gespräch auch war, Papa mußte jetzt doch lachen. »Es wäre schön, wenn wir ihn darauf abrichten könnten.«

»Schmeckt ein Spion anders?« fragte Ajay.

»Ein wenig bitter«, erwiderte Papa lachend.

»Wenn ich ein Leopard wäre, würde ich nur böse Menschen fressen«, erklärte Ajay.

»Nun werdet nicht albern«, ermahnte Mama. »Worüber Papa spricht, das ist eine sehr ernste Sache.«

»Erzähl uns von Tieren, die Menschen fressen«, sagte ich, obwohl ich ziemlich ängstlich bin und nicht so gern furchterregende Dinge hören wollte.

»Ich will euch nicht unnötig Angst machen«, fuhr Papa fort, »aber im vergangenen Jahr stand in der Zeitung von einem Panther, der zwanzig Kinder und Frauen getötet hat. In Jim Corbetts Buch steht etwas über menschenfressende Tiere. Er schreibt, daß menschenfressende Leoparden sehr wild und klug sind und deswegen gefährlicher als menschenfressende Tiger. Natürlich sind Tiger kräftiger.«

Papa sprach mit einer weichen, beruhigenden Stimme, so daß es nicht so furchterregend klang.

»Erzähl uns mehr davon«, bat Ajay.

»Es gibt bei allen guten Jägern ein Gesetz«, fuhr Papa fort. »Wenn du ein Tier verwundest, mußt du ihm nachgehen und es töten. Jedes Tier mit einer Maulverletzung oder etwas ähnlichem, das keine Kühe, Büffel oder Rehe mehr jagen kann, die sein natürliches Fressen sind, wird Menschen angreifen. Das ist aber gegen die Natur der wilden Tiere, denn sie greifen sonst nicht gerne Menschen an.« Er zögerte einen Moment.

»Mach weiter«, drängte Ajay.

»Diese Tiere entwickeln ziemlich schnell eine Vorliebe für Menschen, besonders wenn sie merken, wie leicht sie zu töten sind. Nichts wird sie abhalten, bis man sie fängt und tötet.«

»Ist es leichter, die menschenfressenden Tiere zu jagen als normale?« fragte ich.

»Es ist wahrscheinlich schwieriger«, antwortete Papa. »In so einem Fall wurde von der Regierung schon einmal eine große Jagd auf sie angesetzt. Ich weiß, daß berühmte Jäger zu Hilfe gerufen wurden. Monatelang tat sich nichts, und der Mörder holte weitere Opfer. Eines Nachts tötete er am Rand einer Ortschaft, zwei Tage später vielleicht zwanzig Kilometer entfernt. Shikaris (Jäger) wurden mit Funkgeräten ausgestattet, um die Plätze festzustellen. Aber nichts schien zu helfen. Das Tier tötete weiter, besonders Frauen und Kinder, da die abends hinausgingen, um die Kälber hereinzubringen.«

»Was geschah dann?« fragte Ajay.

»Eines Abends«, fuhr Papa fort, »kochte eine Frau auf der oberen Veranda ihres Hauses. Plötzlich kam eine Tatze, ausgestreckt wie eine Schlange, über den Rand der Veranda. Sie hatte Glück, daß sie auf einem Holzkohlefeuer kochte und so geistesgegenwärtig war, die heißen Kohlen gegen den Angreifer zu werfen. So entkam sie und wurde nicht das nächste Opfer.«

»Fingen sie das Tier?« wollte Ajay wissen.

»Sonderbarerweise wurde das Tier in einer Falle gefangen, in der eine Ziege war. Es ist sehr ungewöhnlich für menschenfressende Tiere, daß sie wieder Tiere fressen. Man nahm an, daß es für ihn zu schwierig wurde, Menschen zu fangen. Jedenfalls wurde er so gefangen. Als man ihn genau anschaute, stellte man fest, daß irgendwann durch einen Schuß ein Teil seines Gesichts herausgerissen worden war. Darum mußte er sich an Menschen heranmachen, da er keine Tiere mehr jagen konnte.«

Papa dachte einen Augenblick nach. Dann sagte er: »Ich frage mich nur, was in dem Mann vorgegangen sein muß, der den Schuß abgegeben hatte und dem Tier nicht nachgegangen war, um es zu töten. Durch seine Schuld mußten so viele Menschen sterben.«

Ihr könnt mir glauben, daß wir an diesem Tag sehr vorsichtig waren. Obwohl wir wußten, daß Leoparden gewöhnlich nur nachts jagen. Es bestand natürlich die Gefahr, daß ein menschenfressendes Tier auch am Tag angriff. Wir waren also besonders vorsichtig, und als Bhuti von Hauptmann Mehtas Haus zu uns kam, um mit uns zu spielen, ließen wir ihn nicht aus den Augen – nicht einen einzigen Augenblick.

Gewöhnlich kam Deen hinter Bhuti her. An diesem Tag kamen Deen und Shanti zu uns und brachten ihr Pony mit.

»Papa hat uns befohlen, nur in der Nähe unserer Häuser zu spielen«, sagte Deen.

Das klang nicht nach viel Abenteuern. Trotzdem hatten wir viel Spaß miteinander. Wir ritten abwechselnd auf dem Pony. Wir taten, als wenn Bhuti ein Tiger wäre. Der intelligente Hund schien das Spiel zu verstehen, er spielte Verstecken mit uns. Aber es war nicht leicht und machte auch keinen Spaß, sich Bhuti als gefährliches Tier vorzustellen.

Als es Spätnachmittag wurde und die Sonne hinter den Bergen versank, bekam ich ein sonderbares Gefühl.

»Ich glaube, wir sollten nicht länger draußen bleiben«, sagte ich zu Deen.

»Warum nicht?« fragte er. »Es ist noch nicht dunkel.«

Da rief Frau Mehta nach Deen und Shanti und bat sie, nach Hause zu kommen. So rannten unsere Freunde weg. Ajay und ich gingen in unser Haus.

»Wollte Papa nicht schon zu Hause sein?« fragte ich. Ich

konnte es nicht erklären, aber bei meinen Worten lief es mir kalt den Rücken hinunter.

»Er hörte, daß es im Basar Mangos im Sonderangebot gibt«, erklärte Mama. »Deshalb fuhr er hin. Ihr wißt, wie sehr er Mangos liebt. Er wird bald zurück sein.«

Papa hatte eine Garage gemietet, die etwa hundert Meter von unserem Haus entfernt stand. Es war immer noch hell genug, daß man durch das Fenster etwas sehen konnte. Das Garagentor war offen, aber es stand kein Wagen darin. Er schien noch auf dem Basar zu sein.

»Ihr beide, wascht euch jetzt die Hände. Wir wollen essen«, bat Mama. »Das Essen ist fertig, sobald Papa zurück ist.«

Ajay und ich taten, was Mama gesagt hatte.

Ich war gerade fertig, als ich hörte, wie die Tür geöffnet wurde und jemand hereinstürmte.

»Was ist los?« fragte Mama.

Ajay und ich rannten, um zu sehen, was los war.

Da stand Papa, und sein Gesicht war so weiß wie ein Bettuch.

»Was ist passiert?« fragte Mama.

»Ich hatte gerade ein schreckliches Erlebnis«, keuchte er. »Ich ließ das Garagentor offen, als ich zum Basar fuhr. Als ich zurückkam, fuhr ich geradewegs hinein. Ich schloß das rechte Tor und ging hinüber, um auch das große Doppeltor auf der anderen Seite zu schließen. Es war noch hell genug, um etwas zu sehen, und da sah ich eine Gestalt geduckt hinter dem Tor.«

»Was war es?« fragte ich.

»Der Spion?« wollte Ajay wissen.

»Mein erster Gedanke war, daß es der Spion sein könnte und daß er die Garage ausgesucht hatte, um sich zu verstecken. So machte ich, mehr kühn als klug, einen Schritt vorwärts, weil ich dachte, ich könnte ihn fangen. Zu meinem Entsetzen sah ich, daß es kein Mann war, sondern ein ausgewachsener Leopard, der hinter dem anderen Türflügel kauerte.

»Oh!« riefen Ajay und ich zur selben Zeit.

»Ich wußte, wenn es nicht ein menschenfressender Leopard war, würde er mich nicht angreifen«, fuhr Papa fort. »Leoparden greifen Menschen in solchen Situationen gewöhnlich nicht an. So drehte ich mich um und rannte so schnell wie möglich weg. Es waren die längsten hundert Meter meines Lebens. Ich bildete mir ein, daß ich beinahe den Atem des Tieres in meinem Nacken spürte, und ich wußte genau die Stelle, wo seine Klauen zuschlagen würden. Ich sage euch: Ich hatte Angst. Ich rannte die hundert Meter fast in olympischer Rekordzeit, aber er folgte mir nicht.«

»Glaubst du, daß das der Leopard ist, vor dem der Feldwebel uns heute morgen gewarnt hat?« fragte ich.

»Das weiß ich nicht.«

Bist du sicher, daß es kein menschenfressender Leopard war?« fragte Ajay.

»Auf jeden Fall bin ich sicher, daß er mich nicht gefressen hat!« sagte Papa erleichtert und fast lachend.

Ajay und ich sprangen auf und umarmten Papa. Wie gut war es, daß er sicher zu Hause war!

Papa fuhr fort: »Ich frage mich, ob ich so mutig gewesen wäre wie der Junge, von dem ich dieser Tage in der Zeitung las?«

»Was war los?« fragte ich.

»Da waren zwei Dorfjungen. Der Ältere war etwa zwölf und der Jüngere zehn Jahre alt. Sie hatten Fußspuren auf der Erde gesehen, ganz nahe von einem dichten Teil des Dschungels, und waren sicher, daß es die Spuren eines Leoparden waren. Sie wußten, daß sie nicht versuchen durften, seine Höhle ausfindig zu machen, aber die Neugierde war zu groß. So folgten sie den Spuren zu einer Höhle. Plötzlich sprang mit einem Brüllen die Leopardin heraus und warf den kleinen Jungen mit einem Schlag um. Sie stand über ihm und knurrte den älteren Bruder an. Ich weiß nicht, was ich getan hätte! Der ältere Bruder nahm seinen Knüppel in beide Hände und schlug damit der Leopardin auf den Kopf. Gerade in diesem Moment kam das älteste und mutigste Junge der Leopardin heraus um zu sehen, was los war. Als die Mutter es sah, wurde sie besorgt. Sie ließ den kleinen Jungen los, schnappte ihr Junges im Nacken und trug es zurück in die Höhle. Nun konnte der ältere Junge seinen Bruder wegtragen, und sie entkamen. Man erzählt, daß die Jungen zum Krankenhaus gebracht wurden und der ältere Bruder drei Tage lang nicht sprechen konnte. Der Schock war zu groß gewesen.«

»O Papa«, sagte ich, »was für ein wunderbarer Bruder!« Ich werde es euch jetzt nicht erzählen, aber einige Tage später geschah etwas, das mich in eine ähnliche Lage brachte.

Leoparden können sehr klug sein, wie wir alle wissen. Der menschenfressende Leopard, von dem uns Papa erzählt hatte, schien immer die richtigen Stellen zu finden, wo er einen Menschen allein im Wald treffen und töten konnte, wenn er hungrig war. Nicht einer der erfahrenen Jäger hatte ihn finden und erschießen können.

Erst die Falle mit der Ziege als Köder war ein Erfolg gewesen.

Ich mußte auch immer an den Spion denken. Vielleicht war er so ähnlich wie ein Leopard, sehr klug. Immer genau an der richtigen Stelle zur rechten Zeit, um das zu bekommen, was er brauchte.

Trotzdem glaubte ich, daß er eines Tages einen dummen Fehler machen würde, wie der Leopard, und dann gefangen würde.

11. Besuch von Onkel Ram

In etwa einer Woche sollte die Regenzeit anfangen.

Als wir in die Berge kamen, dachten wir, wir hätten sehr viel Zeit. Jetzt hatten wir erst die Hälfte aller geplanten

Dinge getan. Aber wenn der Regen kam, wurde es für uns Zeit, nach Delhi zurückzukehren.

Es war zum Verrücktwerden!

Die wichtigste Sache, die noch zu tun war, war natürlich, den Spion zu fangen. Gut, wir hatten ihn wenigstens gesehen, aber ich begann daran zu zweifeln, daß wir helfen konnten, ihn zu fangen.

Mama und Papa sagten uns nie das genaue Datum, wann wir nach Delhi zurückfahren würden. Sie meinten, daß wir dann nicht ständig daran denken würden. Ich glaube, daß es so auch am besten war. Wenn man weiß, daß eine schöne Zeit zu Ende geht, kann man sich oft schon vorher nicht mehr richtig freuen.

Wir wußten, daß wir nicht sofort beim Beginn des Regens fahren würden, denn Papa war zu einem Treffen seines Semesters von der Universität nach Dehli gefahren. Er hatte sich so sehr darauf gefreut; er würde alte Freunde treffen und hören, was sie taten und wie es ihnen ging.

Mama und Papa hatten sich auf der Universität kennengelernt und an dem Tag, als Papa abreiste, sagte Mama: »Ich wäre so gerne mit dir gefahren, aber ich kann natürlich nicht wegen unseres Babys. Merk dir alles gut, schreib es dir auf, was du über unsere Freunde hörst. Wenn du zurückkommst, mußt du mir alles genau erzählen.«

Zwei Tage vor Papas erwarteter Rückkehr von Delhi fuhr Hauptmann Mehta mit seinem Jeep vor. Ich schaute aus dem Fenster und konnte an der Art seines Gehens – wie ein Soldat im Dienst, nicht wie jemand, der zu Besuch kam – sehen, daß er etwas Wichtiges zu sagen hatte.

Er ging mit uns in ein Zimmer, wo uns niemand hören konnte und sagte: »Das Hauptquartier hat die Übersetzung des Notizbuches erhalten.«

Meine Augen wurden immer größer, und Ajays Mund stand auch offen!

»War das Notizbuch irgendeine Hilfe?« fragte Mami ruhig.

»Es ist voller militärischer Einzelheiten, die der Spion gesammelt hat«, erwiderte Hauptmann Mehta. »Sie würden einer ausländischen Macht von großem Nutzen sein.«

»Meinen Sie, daß der Spion weg ist?« konnte ich herausbringen.

»Wir sind ziemlich sicher, daß er immer noch hier in der Gegend ist, um weiterhin unsere Pläne auszuspionieren. Normalerweise würden wir solche Dinge niemals jemand erzählen, aber da ihr Kinder das Notizbuch gefunden habt und außerdem gezeigt habt, daß ihr ein Geheimnis für euch behalten könnt, bat mich General Lal, euch diese Neuigkeiten zu bringen.« Nun kam ein Lächeln in Hauptmann Mehtas Augen, als er hinzufügte: »Euer Onkel Lal ist sehr stolz auf euch beide.« Damit verließ er das Haus.

Ich ging ein bißchen in mein Zimmer, um nachzudenken. Das waren gute Nachrichten, aber wie konnten wir den Spion finden? Was konnte ich tun?

Sicher wundert ihr euch, daß ich »ich« sagte und nicht »wir«. Ich hatte das Gefühl, ich würde ihn fangen! Natürlich wußte ich nicht, ob das nur mein Wunschdenken war! Das konnte sehr leicht sein.

Ich dachte den ganzen Tag darüber nach. Wenn ich einschlief und wenn ich morgens aufwachte, dachte ich daran und überlegte, wie man diesen bösen Mann fangen konnte.

Zwei Tage vergingen.

Jede Nacht träumte ich von ihm. In meinen Träumen traf ich ihn in der Höhle. Oder ich sah ihn im Basar und rannte ihm nach. In einem meiner Träume kam er sogar zu unserem Sommerhaus und drohte mir, ich sollte ihn in Ruhe lassen.

Dann kam Papa aus Delhi zurück und brachte jemand mit, der für unsere Familie sehr wichtig wurde.

Es war ein Armeeleutnant mit Namen Ram Bahadur.

Nachdem er einige Tage bei uns gewesen war, flüsterte ich mit Ajay.

»Er ist nett! Wir sollten ihn Onkel Ram nennen. Ich würde das gern tun, du auch?«

»Er ist schon wie ein richtiger Onkel«, flüsterte Ajay zurück.

»Weißt du was«, fuhr ich fort. »Ich habe einen Verdacht.«

»Was für einen?« fragte Ajay.

»Daß Onkel Ram nicht nur zu Besuch hier ist«, sagte ich.

»Du meinst...«

Ich berührte Ajays Arm, so wie wir das immer tun, wenn wir leise miteinander sprechen wollen, und sagte: »Es hat irgend etwas mit dem Spion zu tun.«

Ajay pfiff leise.

Onkel Ram schien ein ganz normaler Besuch zu sein. Er war so nett und freundlich. Er erzählte Ajay und mir viele aufregende Erlebnisse aus der Armee. Er erwähnte niemals den Spion. Wir sagten natürlich zu ihm auch nichts davon.

Eine Sache verwirrte und bedrückte mich. Aus irgendeinem Grund schien Mama unseren Besuch nicht leiden zu können. Eines Tages kam ich an dem Zimmer meiner Eltern vorbei und hörte sie miteinander sprechen. Ich weiß, ich hätte nicht horchen sollen, aber ich wurde neugierig, als ich Onkel Rams Namen hörte.

»Wann geht der Mann wieder?« fragte Mama. Ihre Stimme klang ziemlich ärgerlich. »Da waren sicher so viele alte Freunde beim Semestertreffen, über die ich gern etwas gehört hätte und die ich gerne wiedergesehen und hier willkommen geheißen hätte. Aber du mußtest diesen Mann mitbringen.«

Papa schwieg. Als ich da stand, konnte ich mir nicht erklären, warum Mama Onkel Ram nicht hierhaben wollte. Er war so nett.

Dann sagte sie: »Ich möchte nicht, daß er länger bei uns bleibt. Ich komme nicht über die Tatsache hinweg, daß er ein Christ ist.«

»Ich verstehe dich«, sagte Papa endlich. »Aber ich kann mir nicht helfen, ich mag ihn. Ich habe nie zuvor in meinem Leben so eine auffallende Veränderung bei einem Menschen erlebt. Er war früher ein Feigling. Aber jetzt scheint er ein ganz neuer Mensch zu sein.«

»Warum hast du ihn eigentlich eingeladen?« fragte Mama.

»Nachdem ich ihn getroffen hatte, lud ich ihn ohne viel zu überlegen ein. Es tat mir gleich leid. Ich hätte nie gedacht, daß er meine Einladung annehmen würde, und ich wußte zu der Zeit auch noch nicht, daß er ein Christ ist.«

»Ich wäre froh, wenn du ihn wegschicken würdest«, sagte Mama. Mir wurde klar, daß ich nicht horchen sollte. Trotzdem – ehe ich mich zurückhalten konnte, ging ich hinein und sagte: »Aber Mama, Ajay und ich meinen, daß Onkel Ram so nett ist. Wenn du nicht gewollt hast, daß er mitkommt, Papa, konntest du das nicht irgendwie regeln?«

»Wie ungezogen von dir, Asha!« schimpfte Mama. »Wie lange hast du an der Tür gehorcht?«

»Nur kurz«, antwortete ich. Tränen stiegen mir in die Augen. Es tat mir wirklich leid, daß ich wieder gehorcht hatte, wie schon so oft. Es war eine schlechte Angewohnheit von mir. Ich schämte mich.

»Ja, natürlich«, begann Papa, als wenn ich nichts Unrechtes getan hätte und er einfach meine Frage beantworten wollte. »Ich dachte daran, ihn wieder ›auszuladen‹, aber irgendwie klappte es nicht. Anscheinend war ihm sehr daran gelegen, hierherzukommen.«

»Wie hatte es denn angefangen?« wollte Mama wissen.

»Laß mich das erklären«, fuhr Papa fort. »Ich lud ihn ein, wie gesagt, und erwartete nicht, daß er die Einladung annehmen würde. Er gab mir eine seltsame Antwort. Er sagte, er würde nur unter einer Bedingung kommen.«

»Was für eine Unverschämtheit – unter welcher Bedingung?« wollte Mama wissen.

»Ich sollte ihm auf unserer Fahrt die Gelegenheit geben, alles zu erzählen, was mit ihm geschehen war. Wenn ich es mir nach seinem Bericht anders überlegen würde mit der Einladung, würde er das akzeptieren, und ich könnte ihn zum Bus zurück nach Delhi bringen.«

»Das klingt ja lächerlich«, sagte Mama.

»Aber es war diese Veränderung in ihm, die mich faszinierte«, sagte Papa. »Du mußt verstehen, daß er ein anderer Mensch ist, verändert in einer Weise, wie ich es nie zuvor gesehen habe.«

»Was wollte er dir erzählen, Papa?« fragte ich.

»Wieviel hast du von dem gehört, was ich mit Mama besprochen habe?«

»Ich hörte nur, daß er dir gesagt hatte, er wäre ein Christ«, sagte ich.

»Ich muß zugeben, daß mich das schockierte«, fuhr Papa fort. »Aber da war diese unglaubliche Veränderung in ihm. Ich wollte so gerne wissen, wie das gekommen war.«

»Gut«, fiel Mama ein, »laß ihn nicht länger bleiben als unbedingt nötig.«

»Wir können nicht unfreundlich sein«, sagte Papa. »Wir haben keinen Grund, ihn wegzuschicken. Er ist ein perfekter Gast und die Kinder lieben ihn.«

Später, als ich draußen vor unserem Haus spielte, saßen Papa und Onkel Ram auf der Veranda und tranken Tee. Diesmal wollte ich wirklich nicht horchen.

»Ich habe das Gefühl, als ob ich deiner Frau lästig bin«, hörte ich Onkel Ram sagen. »Vielleicht sollte ich besser nach Delhi zurückkehren.

»Gut, ich will ganz ehrlich zu dir sein«, antwortete Papa.

»Bitte, sei es!« drängte Onkel Ram.

»Meine Frau ist beunruhigt . . . ja, weißt du . . .« Ich hatte nie zuvor gehört, daß Papa solche Schwierigkeiten mit den Worten hatte.

»Ist es, weil ich ein Christ bin?« fragte Onkel Ram.

»Ja, ich glaube, so könnte man sagen«, erwiderte Papa. »Meine Frau hat nie zuvor mit einem Christen in einem Haus gelebt. Sie hat jedoch zugestimmt, daß du hier wohnen kannst, solange du den Kindern nichts vom Christentum erzählst.«

»Ich spreche niemals über meinen Glauben zu jemand, der nichts davon hören will«, sagte Onkel Ram. »Aber ich teile jedem mit, was ich glaube, wenn ich nach meinem Glauben an Gott gefragt werde.«

»Das ist in Ordnung«, antwortete Papa.

»Du bist wunderbar, vielen Dank«, entgegnete Onkel Ram.

Nun nahm ich mir ganz fest vor, mir von Onkel Ram diese Dinge erzählen zu lassen. Ich würde ihn bei der nächsten Gelegenheit fragen.

Aber am folgenden Tag fuhr Onkel Ram frühmorgens, ehe Ajay und ich aufgestanden waren, mit dem Bus ins Tal.

»Kommt er nicht mehr zurück?« fragte Mama.

»Doch, ich sagte, er könne wiederkommen«, erwiderte Papa, »und ich vermute, daß er es auch tun wird. Bist du nicht auch der Meinung, daß er sehr nett ist? Vergiß nicht, wie gut er zu den Kindern ist: Er erzählt ihnen Geschichten, spielt Kricket mit ihnen und ist immer für sie da.«

Bevor Mama darauf antworten konnte, kam ein Bote vom General an unsere Tür. Onkel Lal fragte in einem kurzen Brief, ob er zu uns zum Tee kommen dürfe.

Mama las die Nachricht laut vor. An einer Stelle schrieb er komisch, dachte ich. »Ich habe diesen Tag ausgesucht, weil ich hörte, daß Leutnant Bahadur für einige Tage ins Tal gegangen ist.«

Mama sandte ihm eine Nachricht zurück, daß sie sich freuen würde, wenn Onkel Lal zum Tee käme.

An diesem Morgen spielte ich mit Deen bei uns. Er freute sich sehr darüber, daß Onkel Lal kommen würde.

»Mein Papa hat gesagt, General Lal ist der wichtigste Mann in der indischen Armee«, sagte Deen.

Ajay lag mit Magenbeschwerden im Bett.

Nach dem Tee bat Onkel Lal Mama um Erlaubnis, mit Papa in ein anderes Zimmer gehen zu dürfen. Mama hatte noch etwas im Haushalt zu tun. Mit einem Lächeln fügte Onkel Lal hinzu, wenn wir wollten, dürften Deen und ich mitkommen. Ihr könnt euch denken, daß uns nichts davon abhalten konnte!

Als wir im Zimmer waren, tat Onkel Lal etwas Sonderbares. Er schloß sorgfältig die Tür und schaute umher, ob auch alle Fenster verschlossen waren.

»Ich möchte nicht, daß irgend jemand hört, was ich euch erzählen will«, sagte er. »Darum müssen wir sehr vorsichtig sein.«

Mein Herz begann vor Aufregung wild zu klopfen.

»Wie ihr bereits wißt, gehörte das Notizbuch, das ihr Kinder gefunden habt, dem Spion« begann er.

»Ja«, sagte Deen, »und wir Dummköpfe haben dann irgend etwas in der Höhle liegengelassen, und deshalb ist der Spion jetzt weg. Ich bin froh, daß du nicht böse auf uns bist.«

»Aber nein«, sagte Onkel Lal. »Ich meine, das war ein guter Anfang. Wir müssen nun weiter darauf aufbauen.«

Ich hatte so viele Fragen, daß ich nicht wußte, welche ich zuerst stellen sollte. So blieb ich erst mal still. Das war für mich sehr ungewöhnlich, und ich war deshalb sehr stolz auf mich.

Onkel Lal wandte sich an Papa und fuhr fort: »Ich bin so froh, daß Leutnant Ram Bahadur bei euch wohnt.«

Ich rief dazwischen: »Ich dachte, du könntest Onkel Ram nicht leiden! In deinem Brief an Mama hast du geschrieben, daß du diesen Tag ausgewählt hast, weil Onkel Ram nicht hier ist.«

»Ja, das tat ich«, erwiderte der General lächelnd. »Wenn du mich aussprechen läßt, wirst du mich bald verstehen. Aber zuerst will ich deine Frage beantworten. Ich komme an diesem Tag, weil ich nicht will, jemand denkt, Leutnant Ram und ich hätten irgend etwas miteinander zu tun. Das hätte man sicher gedacht, wenn man uns zusammen beim Teetrinken gesehen hätte.«

»Onkel Ram ist bei der Suche nach dem Spion wichtig?«, fragte ich.

»Laß Onkel Lal doch mal weitererzählen«, sagte Papa und legte seine Hand auf meine Schulter.

»Ich hatte an unser Militärhauptquartier in Delhi den Antrag gestellt, Leutnant Ram hierherzuschicken«, berichtete Onkel Lal. »Sie lehnten das ab, weil sie befürchteten, wenn der Spion das herausfindet, wären alle Chancen, ihn zu fangen, gleich Null.«

Er wandte sich wieder an Papa und fuhr fort. »Was für ein außergewöhnlicher Zufall, daß du ihn bei dem Semestertreffen gesehen und hierher eingeladen hast.«

»Ja«, sagte Papa, »aber ich bin nicht mehr so sicher, ob es wirklich nur ein Zufall war und wir uns einfach so trafen. Mir ist klar, daß ich Ram nie richtig verstand und ihn sehr unterschätzt habe. Er ist viel klüger, als ich dachte. Nach dem, was du uns jetzt erzählt hast, glaube ich, daß er unser Treffen geplant hatte.«

»Das kann sein«, erwiderte Onkel Lal. »Da du nicht in der Spionageabwehr bist, hast du vielleicht noch nie von seinen Aktivitäten gehört. Ich erzähle euch das, damit ihr ihm alle Freiheiten zugesteht und nicht überrascht seid, wenn er manchmal sonderbare Dinge tut. Stellt ihm keine Fragen, da er natürlich viele Dinge geheimhalten muß. Er hat ein ausgezeichnetes Gedächtnis und hat in den vergangenen drei Jahren erstaunliche und mutige Dinge getan. Er ist einer der vertrauenswürdigsten und wertvollsten Mitarbeiter in unserer Spionageabwehr. Eines Tages werde ich euch einige seiner Heldentaten erzählen.«

»Ich kann es fast nicht glauben« sagte Papa. »Er war so ein mickriger Kerl in der Universität. Sogar vor seinem eigenen Schatten hatte er Angst. Ich erinnere mich an einen Tag, an dem wir unsere Einführungsfeier hatten. Rückblickend muß ich gestehen, daß wir gemein waren. Wir spielten ein Spiel, wenigstens sahen wir es als Spiel an, bei dem wir jeden neuen Jungen vom hohen Sprungbrett in das Schwimmbad warfen. Ich hatte nie zuvor jemand gesehen, der solche Angst hatte wie Ram Bahadur. Er war richtig krank vor Angst. Darum warfen wir ihn viel weiter als andere, und sein Kopf schlug an die Seite des Schwimmbeckens. Der Direktor bestrafte und alle hart.«

Onkel Lal erwiderte: »Manche Leute haben Angst vor großen Höhen und sogar vor Wasser.«

»Ja«, sagte Papa, »aber Ram Bahadur hatte vor allem Angst. Eines Tages kam ein Hund auf den Spielplatz gerannt, und irgendein Dummkopf rief, der Hund sei verrückt. Wir paßten auf. Natürlich waren wir nervös, zeigten es jedoch nicht. Aber Ram rannte weg und versteckte sich hinter den Feldern.«

»Ich weiß nichts davon«, sagte Onkel Lal, »aber wenn das wahr ist, hat sich der Mann sehr verändert. Wirklicher Mut ist notwendig, wenn man Dinge tut, obwohl man Angst vor ihnen hat. Ein Mann, der nicht zugibt, daß er auch Angst hat, ist entweder ein Angeber, der lügt, oder sehr beschränkt in seinem Kopf, so daß er die Gefahren nicht erkennt. Er würde in einer schwierigen Situation nicht zu gebrauchen sein, wenn schnelles Denken und Mut verlangt werden. Nein, wenn ich jemals an einer gefährlichen Stelle wäre, würde ich einen Mann an meiner Seite haben wollen, der zwar Angst hat, der aber der Gefahr mutig ins Auge schaut.«

Deen und ich sahen uns an. Diese Sache mit dem Spion ängstigte uns beide. Aber wir liebten den Gedanken, daß wir einer Gefahr mutig ins Auge schauen würden.

12. Der wilde Stier

Ajay war natürlich nicht glücklich darüber, daß er im Bett bleiben mußte. Er sah heute besser aus als gestern. Doch Mama sagte, er müsse mindestens noch einen Tag im Bett bleiben.

»Es tut mir leid«, sagte ich zu ihm.

»Ich glaube, du hast genug Spaß für uns beide zusammen«, sagte er tapfer.

Als ich hinauskam, sah ich, wie Onkel Ram unsere Blumen anschaute, die um das Haus herum wuchsen. Ich hatte gehört, daß er am vergangenen Abend nach Pahalata zurückgekommen war.

»Hallo, Asha«, grüßte er mich, »was würdest du zu einem Spaziergang in den Bergen sagen?«

»Das wäre prima!« rief eine dritte Stimme. Es war Deen, der gerade zu uns gekommen war, um sich nach Ajay zu erkundigen.

»Kann Ajay mitkommen?« fragte Deen.

»Mama hat gesagt, er muß noch einen Tag im Bett bleiben«, erwiderte ich. Ich wandte mich an Onkel Ram und fuhr fort: »Sein Magen ist in diesem Sommer viel besser als früher, aber er bekommt immer noch diese Anfälle und dann muß er im Bett bleiben, bis es ihm wieder besser geht.«

»Dann muß ich mit euch beiden zufrieden sein«, sagte Onkel Ram.

So machten wir uns fröhlich auf den Weg.

Onkel Ram trug wie gewöhnlich ein Buschhemd und graue Hosen.

Als wir den Hang erreichten, der zur Obstplantage führte, nahm Onkel Ram seine Uhr aus der Brusttasche und sagte: »Ich darf nicht zu spät zurückkommen, denn ich habe eine Verabredung mit einem Freund.«

»Onkel Ram«, bemerkte Deen, »Asha und ich haben uns schon gewundert, warum du keine Armbanduhr trägst wie andere Leute, sondern diese altmodische Taschenuhr.«

»Du sollst so etwas nicht sagen«, ermahnte ich Deen. Er sagt mir immer, ich wäre unhöflich zu den Leuten, nun konnte ich es ihm einmal heimzahlen. »Ich bin sicher, daß dir deine Mutter das gesagt hat.«

Deen schaute mich böse an und sagte: »Ich wollte es nur wissen. Ich glaube, daß Onkel Ram einen besonderen Grund dafür hat.«

»Ja«, erwiderte Onkel Ram, »den habe ich wirklich, und

es war nicht unhöflich von dir, danach zu fragen.«

»Dann erzähl uns bitte davon«, sagten wir wie aus einem Mund.

»Dies war die Uhr meines Großvaters«, erzählte Onkel Ram. »Er bekam sie nach dem afghanischen Krieg. Mein Großvater gab sie meinem Vater, und dieser schenkte sie mir.«

»Dann ist sie alt«, sagte Deen. »Geht sie noch gut? Geht sie genau?«

»Ganz genau!« sagte Onkel Ram. »Und es ist eine ganz besondere Uhr.«

Er öffnete die Rückseite und zeigte uns die eingravierten Worte: Überreicht an Ram Bahadur in Jacobabad für seine heroischen Taten.

»Was waren die heroischen Taten?« wollte Deen wissen, und ich natürlich auch.

»Es war eine tapfere Sache, die mein Großvater tat«, sagte Onkel Ram. »Ich habe keine Zeit, um euch das jetzt zu berichten, aber ein andermal will ich es euch erzählen. Meinem Großvater wurde diese Uhr überreicht, weil er eine Verschwörung entdeckte, die in Kabul ausgeheckt worden war. Der König von Afghanistan sollte getötet und die indische Armee vernichtet werden, die ihm damals half.«

Wir kamen an einen großen Stein. Onkel Ram lehnte sich dagegen. Deen und ich machten es uns halb sitzend bequem.

»Habt ihr das königliche Wappen unter der Inschrift gesehen?« fuhr Onkel fort. Dann nahm er die Uhr noch einmal heraus und zeigte es uns. »Mein Großvater verkleidete sich als Priester und deckte unter Einsatz seines Lebens die Verschwörung auf.«

»Dann war er ja ein Spion!« riefen Deen und ich aus.

»Ich glaube, daß ihr ihn so nennen könntet«, sagte der Onkel. »Ja, ich glaube, das war er. Aber er war wirklich ein tapferer Mann. Ihr könnt euch sicher vorstellen, was die afghanischen Rebellen mit ihm gemacht hätten, wenn er geschnappt worden wäre.«

»Er muß wirklich mutig gewesen sein«, sagte Deen. »Ich habe nie daran gedacht, daß Spione auch mutig sind.«

Onkel Ram steckte seine Uhr weg, und wir gingen weiter.

»Ich glaube, daß Spione manchmal notwendig sind«, meinte ich. »Es liegt daran, auf welcher Seite du stehst.« Ich wollte noch hinzufügen, daß ich den Spion immer noch haßte, den wir suchten, aber dann dachte ich, ich sollte es lieber nicht tun. Onkel Ram hatte sich nicht anmerken lassen, ob er etwas über uns wußte.

Wir gingen an Onkel Lals Obstplantage vorbei und kamen an einen höheren und wilderen Teil des Gebirges. Plötzlich hielt ich Deen am Arm und flüsterte aufgeregt: »Schau dir diesen Mann an, der da vor uns geht!«

Gerade drehte der Mann seinen Kopf. Er schaute nicht nach uns, sondern ging geradewegs hinunter ins Tal. Ich konnte sein Gesicht nur flüchtig sehen, aber ich meinte, er sähe aus wie der Mann, den wir an der Höhle gesehen hatten.

»Kommt er dir nicht bekannt vor?« flüsterte ich Deen zu.

»Ich glaube, du hast recht«, erwiderte Deen leise. »Ich habe das sichere Gefühl, das ist der Mann, den wir durch das Fernglas gesehen haben.«

»Er ist der Spion!« sagte ich.

»Was ist los?« fragte Onkel Ram. »Worüber sprecht ihr?«

Es kam ein sonderbarer Blick in Onkel Rams Augen – in Leutnant Ram Bahadurs Augen sollte ich sagen. Dieser Blick gab mir das Gefühl, daß er wahrscheinlich doch etwas über unsere Erlebnisse mit dem Spion wußte.

»Wir müßten ihm folgen, um zu sehen, wo er wohnt«, flüsterte ich.

Aber ehe wir weiter darüber sprechen konnten, hörten wir Lärm auf dem Weg von galoppierenden Hufen. Wir schauten hinauf und sahen, wie ein großer Stier auf uns zurannte. Der Spion – oder der Mann, den wir für den Spion hielten – war uns jetzt weit voraus und hatte den heranstürmenden Stier eher gesehen als wir. Er war den Berg hinaufgeklettert und verschwunden.

Unglücklicherweise war der Weg, auf dem wir uns befanden, in den Felsen geschlagen. Über und unter uns war das Gelände sehr steil.

»Rutscht sofort den Berg hinunter!« schrie Onkel Ram. Deen schaffte es. Aber ich war in meiner Aufregung so dumm, rutschte aus und fiel auf den Weg.

Deen versuchte zurückzuklettern, um mir zu helfen. Er wäre zu spät gekommen und vielleicht getötet worden, wenn nicht Onkel Ram geholfen hätte.

Er war wunderbar!

Schnell zog er sein Buschhemd aus, sprang vorwärts und warf es dem Stier beim Angriff über den Kopf. Nun konnte das rasende Tier nicht mehr die Richtung sehen, es sprang zwar weiter vorwärts, verpaßte mich aber um einige Zentimeter.

Ich rollte und rollte und konnte den Rand des Weges erreichen, dann rutschte ich den Berg hinunter in Sicherheit.

Als ich aufschaute, bot sich mir ein schrecklicher Anblick.

Der Stier kam auf Onkel Ram zu. Onkel Ram versuchte auszuweichen, aber es war schon zu spät. Obwohl das Tier nichts sehen konnte, da seine Augen noch mit dem Hemd bedeckt waren, nahm es mit großer Kraft den Onkel auf die Hörner, hob ihn hoch und warf ihn den Berg hinunter.

»Oh, Onkel Ram!« schrie ich.

Ich schaute auf und sah, daß der Stier das Hemd abgeschüttelt hatte. Jetzt stand er am Rand des Weges, schaute zu uns herunter und lief hin und her. Schaum tropfte von seinem Maul. Ich befürchtete zuerst, er würde uns über den Hang nachkommen. Aber glücklicherweise tat er das nicht.

Ich blieb nicht stehen, um weiter auf den Stier zu achten, sondern rutschte schnell zu Onkel Ram hinunter.

»Er ist tot!« rief Deen. Einen Augenblick war ich sicher,

daß Deen recht hatte. Onkel Ram lag in einer sonderbaren, verdrehten Haltung und wurde halb von einem Baum gehalten.

Als ich ihn erreichte, stöhnte er wie unter großen Schmerzen.

»Ich habe ein Bein gebrochen«, flüsterte er.

Deen schaute nach Onkel Rams Bein. Ich warf auch einen Blick darauf, schaute aber schnell wieder weg. Wir konnten beide sehen, daß das Bein ganz verdreht dalag. Es mußte sehr schlimm gebrochen sein!

»Glaubst du, daß er sterben wird?« flüsterte Deen.

»Ich bin an allem schuld!« war alles, was ich sagen konnte.

»Er riskierte sein Leben, um dich zu retten«, sagte Deen klagend.

Deen und ich standen einen Moment da und wußten nicht, was wir tun sollten.

Dann schien Onkel Ram ein wenig stärker zu werden. Er schaute auf und flüsterte: »Jetzt hebt ganz, ganz vorsichtig meine Schultern, so daß ich mich gegen diesen Baum lehnen kann. Dann kann ich meine Hände gebrauchen und mein Bein etwas richten.«

Ganz vorsichtig und langsam taten wir das. Dann richtete er sein Bein etwas gerader.

»So«, keuchte er. »Jetzt habe ich es ein wenig bequemer.«

Ich konnte es kaum hören, daß er das Wort bequem gebrauchte, denn sein Gesicht war voller Schmerzen und seine Lippen bluteten, weil er vor Qual darauf gebissen hatte.

Wie tapfer er war.

Deen schaute mich an und fragte: »Was sollen wir nur tun?«

Es war Onkel Ram, der antwortete, schwach, wie er war und offensichtlich unter großen Schmerzen.

»Asha«, sagte er, »du bleibst bei mir. Deen, du rennst nach Hause und erzählst den anderen, was geschehen ist. Erschreck aber nicht Ashas Mutter. Sag einfach, es war ein leichter Unfall.«

Sofort rutschte und rollte Deen den Hang hinunter, bis er zu einem kleinen Weg kam, der zur Obstplantage und zu unseren Häusern führte.

Ich war so durcheinander, daß ich zu weinen begann.

Ich mußte etwas tun! Ich schaute umher und sah einen kleinen Bach. Ich eilte dahin, riß ein Stück aus meiner Bluse und tauchte es ins Wasser.

Dann lief ich zurück zu Onkel Ram und versuchte, so gut ich konnte, seine heiße Stirn zu kühlen.

»Das tut gut«, flüsterte er.

Ich bin sicher, daß er das nur sagte, um mich zu trösten. Sicher war ihm das kaum eine Erleichterung. Aber wie gesagt, ich weinte und dachte, ich müßte etwas tun.

»Ich bin an allem schuld«, sagte ich, immer noch schluchzend. »Das werde ich mir niemals vergeben.«

»Aber ich habe dir bereits vergeben«, sagte der Onkel leise. »Und außerdem war da gar nichts zu vergeben.«

Wie freundlich und gut er war!

Er lehnte seinen Kopf an den Baum und schloß die Augen. Ich hoffte, er würde schlafen. Ein Blick in sein Gesicht zeigte mir jedoch, daß er große Schmerzen hatte. Schlafen konnte er offensichtlich nicht. Ich hatte das Gefühl, es seien Stunden vergangen, als ich endlich Leute kommen hörte.

Es waren der Arzt vom Militärkrankenhaus und zwei Pfleger mit einer Bahre.

Der Doktor arbeitete schnell und gab Onkel Ram sofort eine Spritze.

Augenblicke später entspannte sich Onkel Rams Gesicht und er schlief ein.

Vorsichtig schnitt der Arzt Onkel Rams Hosenbein auf, um das gebrochene Bein zu untersuchen.

»Das ist ein häßlicher Bruch«, sagte er. »Ich bin froh, daß ihr so vorsichtig wart. Wenn ihr grob gewesen wärt, hätte der gebrochene Knochen das Fleisch durchgestoßen, und alles wäre schlimmer geworden.«

Er legte das Bein gerade hin und befestigte eine Schiene

daran. »Das reicht im Augenblick. Ich werde das Bein in Gips legen, wenn wir es im Krankenhaus geröntgt haben.«

Die Pfleger folgten sorgfältig den Anweisungen des Arztes und legten Onkel Ram auf die Bahre. Dann hoben sie sie auf und machten sich vorsichtig auf den Weg hinunter zu dem Pfad. Gefolgt von dem Arzt und einem schmutzigen, tränenverschmierten Mädchen namens Asha und Deen gingen sie zum Krankenhaus.

Auf dem Weg wachte Onkel Ram auf.

»Wie geht es Ihnen?« erkundigte sich der Arzt.

»Gut«, antwortete Onkel Ram tapfer. Ich fragte mich, ob das stimmte.

Als wir uns dem Basar näherten, kam Mama auf uns zugeeilt. Sie sah die Bahre und fragte: »Was ist Ram passiert?«

»Oh«, weinte ich los, warf mich in ihre Arme und klammerte mich an ihr Kleid. »Ich war an allem schuld. Onkel Rams Bein ist gebrochen. Er hat mir das Leben gerettet, Mama. Er wurde fast getötet, als er mich retten wollte.«

Der Arzt kam zu uns und bat: »Bitte bleibt ruhig und regt den Patienten jetzt nicht auf. Du kannst ihn morgen früh im Krankenhaus besuchen. Ich denke, sie sollten alle schlafen, besonders du, Asha, nach dem Schock, den du bekommen hast. Ich komme vorbei, wenn ich den Bruch versorgt habe, und gebe dir etwas zum Schlafen.« Zu Mama gewandt, fügte er hinzu: »Wenn Sie heimkommen, geben sie ihr ein Glas heiße Milch und stecken Sie sie ins Bett.«

Dann sagte er zu Deen: »Danke, daß du so schnell gekommen bist und mich gesucht hast. Das war für den Patienten sehr gut.«

So brachte mich Mama nach Hause. Ich versuchte, ihr zu erzählen, was geschehen war. Aber hauptsächlich wiederholte ich: »Onkel Ram hat mir das Leben gerettet! Er wurde fast getötet, um mich zu retten.«

13. Das Krankenhaus

Wenn wir in den Ferien in den Bergen sind, läßt mich Mama fast immer so lange schlafen, wie ich will. Aber am nächsten Morgen, als ich die Augen noch nicht aufgemacht hatte, kam sie in mein Zimmer.

»Asha«, rief sie leise. »Du mußt aufstehen und baden und frühstücken. Wir gehen zum Krankenhaus, um Onkel Ram zu besuchen.«

»Geht es ihm nicht gut?« fragte ich und war plötzlich wach bei dem Gedanken, daß es schlechte Nachrichten geben könnte.

»Wir haben vom Krankenhaus gehört, daß es ihm gutgeht«, sagte Mama. »Wir werden ihn besuchen, weil...«

Es kam ein sonderbarer Ausdruck in Mamas Augen. Sie drehte sich um und verließ das Zimmer.

Als Ajay und ich begannen, unser Frühstück zu essen, eilte Mama umher, so wie sie es immer tut, wenn etwas Besonderes geplant ist. Sie nahm sich nicht einmal die Zeit, bei Nirmala zu sein, wie sie das sonst jeden Morgen tat. Obwohl Nirmala solch ein kleines Ding war, schien sie das zu verstehen. Sie jammerte gar nicht.

Wie sonderbar war es, daß sich Mama so verhielt. Man konnte sehen, daß sie sich um Onkel Ram Sorgen machte. Dabei hatte sie doch Papa gebeten, ihn wegzuschicken!

Was für ein froher Anblick war es für mich, Onkel Ram zu sehen. Zuerst war es ein bißchen ungewöhnlich – sein ganzes Bein war in Gips. Ich hatte noch nie jemand besucht, der ein gebrochenes Bein hatte.

»Es ist nett von euch, mich zu besuchen!« freute er sich.

»Mußt du lange im Krankenhaus bleiben?« fragte Ajay. Für ihn war es auch etwas ganz Neues, jemand im Krankenhaus zu besuchen.

»O ja«, sagte Onkel Ram und tat, als wenn er traurig wäre. »Der Arzt sagte mir, ich müsse bis...« Seine Augen zwinkerten. »...bis etwa 16 Uhr hierbleiben!«

»Das ist wunderbar«, sagte Mama.

Dann tat sie etwas, was ich sie nie zuvor hatte tun sehen. Sie beugte sich vor und berührte Onkel Rams Füße.

Seine Augen wurden groß vor Überraschung und Dankbarkeit.

»Danke«, sagte er. »Gott segne Sie!«

Mama stand einen Augenblick still da und schaute ihn an. Tränen stiegen in ihre Augen. Man konnte sehen, daß sie versuchte, sie zurückzuhalten, aber sie kamen trotzdem.

Endlich sagte sie: »Als mein Mann Sie einlud, wußte er nicht, daß Sie ein Christ sind.«

»Ja«, sagte der Onkel, »da ich Ram heiße, werde ich oft für einen Hindu gehalten.«

Mama fuhr fort: »Als er dann auf der Herfahrt von Ihren Erlebnissen hörte, meinte er, er könne die Einladung nicht rückgängig machen, ohne unhöflich zu sein. Um ehrlich zu sein: Er wollte zu der Zeit auch wissen, was die Veränderung in Ihrem Leben bewirkt hatte.«

»Ja«, sagte Onkel Ram, »und ich erzählte es ihm. Als ich zur Schule ging, war ich nur dem Namen nach ein Christ. Später lernte ich Jesus als meinen Retter und Herrn kennen, und das machte in meinem Leben einen großen Unterschied.«

»Es ist mir so unangenehm«, sagte Mama. »Ich fürchte, daß ich Sie sehr unhöflich behandelt habe, während Sie bei uns wohnten.«

Onkel Ram lächelte ein wenig, sagte aber nichts.

»Sie wissen natürlich, warum ich mich so verhielt«, sprach Mama weiter. Sie wollte mehr sagen, aber plötzlich mußte sie nach ihrem Taschentuch greifen und sich die Augen abwischen. Mama ist jedoch sehr tapfer. Darum dauerte es auch nicht lange, bis sie ihr Taschenbuch wegsteckte und weitersprach: »Obwohl auch christliche Soldaten im Regiment meines Mannes sind, habe ich nie zuvor einen Christen in meinem Haus gehabt. Darum war ich ärgerlich auf meinen Mann, daß er Sie einlud. Aber jetzt bin ich so froh, daß Sie gekommen sind! Ich habe meine Ansicht über Christen völlig geändert.«

Ich rückte näher zu Mama und drückte mich an sie. Sie legte ihren Arm um mich und hielt mich fest.

»Sie setzten Ihr Leben aufs Spiel, um Asha zu retten«, sagte Mama. »Wenn das das Ergebnis Ihres Christentums ist, dann kann ich gar nicht sagen, wie froh ich bin, daß Sie ein Christ sind.«

Onkel Ram schwieg längere Zeit.

Dann sagte er: »Ihre Worte haben mich sehr glücklich gemacht. Es ist wirklich nicht außergewöhnlich für einen Christen, so zu reagieren. Jedenfalls sollte es nicht außergewöhnlich sein. Ich bin sicher, daß viele andere Leute, Christen oder Nichtchristen, dasselbe getan hätten, was ich tat.«

Er schaute mich einen Augenblick freundlich an. Dann fuhr er fort: »Sie sind glücklich, daß ich mein Leben aufs Spiel setzte, um Ihre Tochter zu retten. Ich hatte eigentlich gar keine Zeit zum Nachdenken, sondern tat es ganz automatisch.«

Onkel Rams Lippen bewegten sich weiter, aber wir hörten keine Worte mehr.

»Es gibt noch mehr, was Sie sagen möchten?« fragte Mama. Onkel Ram nickte.

»Dann erzählen Sie es uns bitte«, drängte sie.

»Sie erwähnten, daß ich Christ bin. Ich versuche, sehr vorsichtig zu sein, wenn ich über meinen Glauben spreche. Ich möchte niemand verletzen.«

Nun war Mama einen Moment still, aber ich konnte sehen, daß sie etwas sagen wollte.

»Ich wäre nicht verletzt, wenn Sie zu mir über das Christentum sprechen würden«, sagte sie schließlich.

Onkel Ram schaute Mama einen Moment an, als ob er nicht glauben könnte, was sie gesagt hatte.

»Sie können wirklich sprechen«, fügte sie hinzu.

»Wenn Sie es nie gehört haben«, begann er, »muß ich Ihnen eines Tages die ganze Geschichte von Jesus Christus erzählen. Er riskierte sein Leben, aber nicht nur in dem Augenblick, als er nicht nachdenken konnte und schnell handeln mußte. Er plante das große Werk der Erlösung, ehe er auf diese Erde kam. Vor zweitausend Jahren kam er aus der Herrlichkeit des Himmels. Er gab sein Leben und starb für uns am Kreuz auf Golgatha.«

Ich hatte niemals zuvor solche Worte gehört.

»Der Herr Jesus Christus ist mein Guru, mein Sadhu«, fuhr Onkel Ram fort. »Mein Meister und Herr, der sein Leben freiwillig als Opfer für meine Sünden gab. Nur der vollkommene Sohn Gottes konnte so etwas tun, niemand anders.«

»Es ist wunderbar«, hörte ich Mama sagen, so leise, daß ich nicht sicher war, ob Onkel Ram sie gehört hatte.

»Es ist wirklich wunderbar«, sagte er und zeigte damit, daß er sie wirklich verstanden hatte.

»Ich möchte nicht unhöflich sein«, sprach Mama mit lauterer Stimme weiter, »aber mein Mann hat erzählt, was ...«

»Was für ein hoffnungsloser Kerl ich war?« fragte Onkel Ram mit einem kleinen Lächeln.

Ich schaute Mama an. Sie nickte.

»Es macht mir nichts aus, über alte Zeiten zu sprechen«, fuhr Onkel Ram fort. Er strahlte. »Es macht mir vor allem deswegen nichts aus, weil ich dann erzählen kann, warum ich jetzt anders bin. Der Herr Jesus Christus hat mich in jeder Weise verändert. Ich war vorher so ein schwacher Mann. Jetzt bin ich ein ganz neuer Mensch. Jesus sagte einmal, daß Gott, sein Vater, die Welt so liebte, daß er seinen einzigen Sohn Jesus in diese Welt sandte, um für uns zu sterben. Jeder, der an ihn glaube, würde nicht verloren gehen, sondern ewiges Leben bekommen. Das ist das Leben, das er mir gegeben hat, und ich kann Ihnen sagen, daß es sich lohnt, dieses Leben zu haben.«

Es wurde wieder sehr still im Zimmer.

Mama schaute auf ihre Uhr.

»Wir müssen noch zum Basar, um einiges einzukaufen«, sagte sie. »Sie müssen uns später mehr über Ihren Glauben erzählen, und ich werde die alte Bibel meines Kindermädchens suchen und darin lesen. Das habe ich noch nie getan.« Sie wandte sich zum Gehen. An der Tür zögerte sie.

Sie schaute zurück zu Onkel Ram und sagte: »Bitte glauben Sie mir, daß Sie jederzeit in meinem Haus willkommen sind. Ich hoffe, Sie werden mir vergeben und das zeigen, indem Sie solange bei uns bleiben, bis Ihr Bein aus dem Gips kommt.«

Mit einem Lächeln sagte Onkel Ram: »Das werde ich tun. Vielen Dank.«

Welch ein glücklicher Abschluß einer Sache, die schrecklich begonnen hatte!

Sicher fragt ihr euch, was mit dem Stier und dem Spion weiter geschah. Ich bin froh, daß wir den Stier nicht mehr wiedersahen. Mit dem Spion war es etwas anderes, wie ihr bald merken werdet.

14. Der Traum

Ich träume oft. Einige meiner Träume sind sonderbar und furchterregend, die meisten sind schön und angenehm. Ich erinnere mich, daß uns eine Lehrerin in der Schule erzählte: Wir träumen im Schlaf immer, können uns aber nur an die Träume erinnern, die wir kurz vor dem Aufwachen träumen.

Ich habe selten schlechte Träume. Aber in der Nacht nach diesem Erlebnis in den Bergen, als ich in meinem gemütlichen Bett in unserem Somerhaus lag, hatte ich den schrecklichsten Traum, an den ich mich erinnern konnte.

Der Traum begann damit, daß ich mit Deen in der Obstplantage meines Onkels Lal war. Wir suchten nach Äpfeln, die wir mit nach Hause nehmen wollten. Eigentlich begann dieser Traum sehr schön, denn ich erinnere mich an die Äpfel, die sehr groß und golden und lecker aussahen.

Plötzlich faßte ich in meinem Traum Deen am Arm und sagte: »Schau, dort ist der Spion!«

Tatsächlich, genau vor uns ging der Mann durch die Plantage, den wir an der Höhle gesehen hatten!

Sein Gesicht war dasselbe, aber es sah noch grausamer und häßlicher aus als damals, als wir ihn zum ersten Mal sahen. Er bewegte sich schnell, als wenn er es sehr eilig hätte. Obwohl er ganz in unserer Nähe ging, sah er uns anscheinend nicht. Ich hatte schreckliche Angst, und doch schien im Augenblick keine Gefahr zu bestehen.

»Wir wollen ihm folgen«, flüsterte Deen.

Ich nickte, und wir gingen ihm nach.

Der Spion ging sehr weit von unserem Ort weg. Wir folgten ihm in kurzer Entfernung. Als wir dann ins Gebirge kamen, war er plötzlich verschwunden.

Ich erinnere mich, daß wir gingen und gingen, überall nach ihm Ausschau hielten, ihn aber nicht fanden.

Dann jedoch, als wir gerade an einem großen Felsen vorüberkamen, sprang jemand hervor, warf uns eine Decke über den Kopf und trug uns weg.

Meine Güte, war er stark!

In meinem Traum strampelten und zappelten wir, aber wir konnten uns nicht befreien. Wir erstickten fast, weil die Decke so eng um uns gewickelt war. So mußten wir schließlich nachgeben, und er trug uns weg.

Dann hörten wir, wie eine Tür geöffnet wurde. Wir wurden auf den Boden geworfen. Schnell fesselte der Mann unsere Arme und nahm dann die Decke von unserem Kopf.

Es war der Spion!

»Aha« knurrte er, »ihr seid es! Ihr seid die beiden, die immer nach mir suchen. Ihr seid mir gefolgt, oder? Ich werde euch lehren, mich so zu behandeln! Ich werde euch hier lassen. Hier könnt ihr bleiben, bis meine Arbeit fertig ist. Ihr werdet wahrscheinlich verhungern, aber das ist mir egal. Eins ist sicher, hier wird euch niemand finden. Niemand wird euch hören, wie laut ihr auch schreit.«

An solchen Stellen enden normalerweise meine Träume, und ich erwache. Aber dieses Mal nicht.

Es schien immer weiterzugehen.

Als Deen und ich in diesem schrecklichen Zimmer zusammengekauert saßen, fragten wir uns, was aus uns werden würde. Würden unsere Familien nach uns suchen? Wenn sie es taten, würden sie uns finden? Würden wir vor Durst und Hunger sterben, wie der Spion gesagt hatte?

Natürlich wußte ich nicht, daß es nur ein Traum war. Ich lehnte meinen Kopf an Deen. Ich hatte solche Angst. Da fühlte ich den Strick an seinem Arm, mit dem ihn der Spion gefesselt hatte. Mir kam der Gedanke, ich könnte den Strick vielleicht durchbeißen, denn er sah ziemlich alt und ausgefranst aus. Ich wollte es jedenfalls versuchen!

Ich begann sofort zu knabbern und zu beißen, bis ich dachte, ich müßte aufgeben, weil mir die Zähne so weh taten.

Aber dann war Deen frei und konnte mir die Fesseln abnehmen.

Doch was konnten wir jetzt tun?

Wir schauten uns unser Gefängnis genau an. Die Wände waren aus Steinen und sehr stark. Wir schlugen und rüttelten an der Tür, aber es war nutzlos. Sie öffnete sich nicht. Es gab keine Fenster!

Wir setzten uns wieder auf den Boden. Wir konnten nichts mehr tun.

Dann hörte ich in meinem Traum ein Kratzen unter der Tür. Konnte das ein Bär sein? Die Himalaya-Bären sind mit die größten, grausamsten und gefährlichsten Bären der Welt.

Das Tier begann, schneller und schneller zu buddeln. Deen und ich hielten einander fest, so groß war unsere Angst. Es war sicher ein Bär, und er würde uns holen!

Dann hörten wir ein bekanntes Winseln.

»Es ist Bhuti!« riefen wir gleichzeitig.

Ja, er war es. Unser geliebter Hund hatte uns in diesem schrecklichen Haus gefunden. Nach längerem Buddeln und Scharren konnte er schließlich ein Loch in die Erde graben, gerade unter der Tür. Durch dieses Loch entkamen wir mit großer Mühe.

Als wir hinausgingen, in die Freiheit, wie wir dachten, sahen wir den Spion auf uns zurennen.

Dann erwachte ich.

War ich froh darüber! Ich war schweißgebadet und trotzdem fror ich.

Ich lag lange Zeit in meinem Bett und traute mich nicht, wieder einzuschlafen. Ich könnte ja wieder von dem Spion träumen. Aber vielleicht wäre das ganz gut, falls der Traum eine besondere Bedeutung hatte. Würden wir wirklich den Spion finden? Ich wußte es nicht. Obwohl ich immer noch Angst hatte, nahm ich mir doch vor, weiterzuträumen.

Ich glaube, daß ich wieder einschlief, aber ich kann mich an keine weiteren Träume erinnern.

Nach dem Frühstück lud mich Mama ein, mit ihr zum Basar zu gehen. Heute bat ich um etwas Tee, so daß ich in das Teegeschäft gehen und mir die Leute anschauen konnte. Vielleicht fand ich unter diesen Teetrinkern das schreckliche Gesicht mit den furchterregenden Augen, die mich verfolgten, seit ich sie vor der Höhle sah – dieselben schrecklichen Augen, die ich in meinem Traum gesehen habe.

Wir saßen an diesem Morgen in dem Teeraum, und ich schaute und schaute, bis Mama sagte: »Asha, du bist jetzt ein großes Mädchen und mußt dich anständig benehmen. Starre doch die Leute nicht so an.«

»Es tut mit leid«, entschuldigte ich mich.

Aber ich hörte nicht auf, zu schauen und zu schauen und zu schauen. Ich tat es nur nicht mehr so offensichtlich.

»Komm, Asha«, sagte Mama und zog mich am Arm, »wir müssen Verschiedenes kaufen.« Und nun gingen wir zu den Geschäften.

15. Ein großer Erfolg!

Wie schnell verging die Zeit!

»Ich bringe den Wagen zur Inspektion in die Werkstatt, bevor wir uns auf unsere lange Reise zurück nach Delhi machen«, sagte Papa eines Morgens.

»Darf ich mit dir gehen?« fragte Ajay und schaute ihn erwartungsvoll an.

»Natürlich«, erwiderte Papa.

»Gut, Asha«, sagte Mama darauf, »dann machen wir beide noch unsere letzten Einkäufe im Basar.«

Sonst finde ich es immer aufregend, zum Basar zu gehen. Aber dieses Mal fühlte ich mich traurig und deprimiert, denn es war kurz vor unserer Abfahrt nach Delhi, und wir hatten es nicht geschafft, den Spion zu fangen.

»Wir müssen mit dem Bus zum Basar fahren, weil Papa den Wagen hat«, sagte Mama. »Zurück können wir zu Fuß gehen. Wir nehmen das Mädchen mit. Sie kann die Sachen, die wir einkaufen, zurücktragen.«

»Würdet ihr auch einen verkrüppelten Mann mitnehmen?« fragte Onkel Ram und kam zu uns herausgehinkt. Er hatte ziemlich gut gelernt, sich mit Krücken zu bewegen.

»Du bist herzlich willkommen«, sagte Mama.

»Vielleicht kann ich euch auch helfen«, fügte er hinzu.

In dem Moment, als wir das Haus verließen, rannte Bhuti auf uns zu. Aber seit seinem schlechten Benehmen gegenüber dem Stier auf dem Basar erlaubte ihm Familie Mehta nicht mehr, zum Basar mitzugehen.

In letzter Zeit sah ich Bhuti kaum noch, obwohl ich ihn sehr gern hatte. Jetzt dachte ich an ganz andere Dinge. Wie konnten wir den Spion finden? Wir mußten ihn einfach fangen, ehe wir nach Delhi zurückkehrten.

»Beeil dich, Asha«, rief Mama ungeduldig. »Bring Bhuti zurück zu Methas Haus und bitte sie, ihn anzubinden.«

Manchmal versteht Bhuti, was man sagt – in Englisch oder Urdu oder Hindi oder irgendeiner anderen Sprache.

Mama hatte kaum ausgesprochen, als der schlaue Hund wegrannte und einige Meter von uns in sicherer Entfernung stehenblieb. Von dort schaute er uns an und bellte, als ob er sagen wollte: Ihr werdet mich nicht nehmen und irgendwo anbinden.

»Der Bus!« rief ich. Ich konnte den Motor hören. »Da kommt der Bus.«

Ja, dort kam er, und hier stand Bhuti! Ich machte einen Schritt auf ihn zu, und er rannte wieder ein Stück weg.

»Komm, Bhuti«, rief ich. »Komm zu deiner Freundin Asha.« Bhuti schaute seine Freundin Asha zwar liebevoll an, blieb aber stur stehen.

»Es ist keine Zeit mehr!« drängte Mama. »Laßt uns einsteigen!«

»Vielleicht sollte ich bei dem Hund bleiben«, schlug Onkel Ram vor.

Als wir uns jedoch am Bus umdrehten, um nach Bhuti zu schauen, war er verschwunden. Es gab in der Nähe Steine und Büsche, und ich nahm an, daß er sich hinter einem von ihnen versteckt hatte.

Der Busfahrer schaute uns verwundert an, weil wir nicht einstiegen.

»Soll ich hier warten?« fragte Onkel Ram.

»Ach, vergeßt den Hund!« erwiderte Mama ärgerlich. »Kommt, laßt uns einsteigen!«

Das taten wir.

Der Bus war fast voll, aber ein Mann stand auf, so daß meine Mutter und ich vorn zusammen einen Platz bekamen. Onkel Ram ging nach hinten.

Wir waren erst eine kurze Strecke gefahren, als ich auf den Boden schaute. Was ich sah, war kaum zu glauben!

»Schau, Mama«, rief ich und zeigte nach unten.

»Bhuti!« stöhnte Mama.

Wir konnten es nicht fassen. Da kam dieser ungezogene Hund unter einem Sitz hervorgekrochen. Er war so zufrieden mit sich selbst. Er dachte, er wäre sehr schlau gewesen.

Ich glaube, daß er von seinem Gesichtspunkt aus recht hatte.

»Wie ist er in den Bus gekommen?« staunte Mama.

»Unartig! Pfui! Pfui!« schimpfte ich. »Schäm dich. Böser Hund!«

Einige Fahrgäste hörten mich und begannen zu lachen. Ich wurde sehr verlegen. Wenn ich nicht so ärgerlich auf Bhuti gewesen wäre, hätte ich sicher angefangen zu weinen.

Ich flüsterte Mama zu: »Vielleicht gibt es heute beim Basar keine Stiere, die er jagen kann.«

Aber sie war so ärgerlich auf den Hund, daß sie tat, als ob sie mich nicht hörte.

Als wir uns dem Basar näherten, konnten wir rhythmische Zigeunermusik hören, die gleiche Musik wie auf unserem Weg zur Ruinenstadt. Sie spielten wunderbar! Ich freute mich sehr, sie wieder zu hören und starrte nach vorn. Ich wollte die Zigeuner gleich sehen, wenn wir in die Straße einbogen. Die Straße führte direkt zum Paradeplatz, von dem die Musik zu kommen schien.

Als wir um die letzte Ecke fuhren, sah ich sie. Ja, es waren unsere Zigeuner. Da waren sie, gerade am Straßenrand, wo der Bus halten würde, und sangen und tanzten zu der Musik ihrer Geigen.

Ich zog an Mamas Arm und sagte: »Schau, ihr Chef ist dabei. Vielleicht will er aufpassen, daß sie die Armee nicht belästigen, wenn sie so nahe am Brigadehauptquartier sind.«

In diesem Augenblick erinnerte ich mich an Bhuti. Ich drehte mich um, um zu sehen, ob er irgendwelche Fahrgäste im Bus störte, und war froh, als ich ihn still hinter unserem Platz sitzen sah.

Als ich meinen Kopf wieder zurückdrehte, sah ich eine muslimische, verschleierte Frau gerade hinter uns auf der anderen Seite des Ganges sitzen, die anscheinend bei der letzten Haltestelle eingestiegen war. Ich schaute sie an und sah ihr direkt in die Augen.

Mein Herz begann bis zum Hals zu klopfen. Ich wußte genau, wer sie war! Durch die Augenschlitze ihres Schleiers sah ich wie durch die Linsen eines Fernglases. Ich sah Augen, die ich nie vergessen werde! Ja, es waren die Augen des Spions, die ich an der Höhle gesehen hatte! Es waren ganz bestimmt die Augen des Mannes, den wir an jenem Tag auf dem Weg gesehen hatten, als uns der wildgewordene Stier nachrannte.

»Asha«, ermahnte mich Mama. »Du sollst keine Leute anstarren!«

Ich drehte mich um.

Gab es etwas Besseres als den Schleier einer muslimischen Frau, um einen Spion zu verbergen? Konnte es ein Irrtum sein? Ich war fast sicher, aber nicht ganz. Kleidung kann das Aussehen eines Menschen sehr verändern.

Doch dann erinnerte ich mich an etwas, das ich gesehen hatte, als ich nach Bhuti schaute. Ich hatte bemerkt, daß diese Frau sehr große Füße hatte, obwohl es mich da noch nicht interessiert hatte. Als ich jetzt noch einmal darüber nachdachte, wurde mir klar, daß diese Füße viel zu groß für eine Frau waren. Mir lief es kalt über den Rücken. Das mußten die Füße eines Mannes sein! Jetzt war ich ganz sicher, daß es die Füße des Spions waren.

»Mama«, flüsterte ich. »Diese Person mit dem Schleier hinter uns auf der anderen Seite ist keine Frau, sondern ... sondern ...«

»Was sagst du da?« flüsterte Mama zurück. Ich hörte an dem Ton ihrer Stimme, daß sie merkte, wie ernst es mir war.

Dann sprach ich sehr, sehr leise weiter.

»Ich glaube ganz sicher, daß es der Spion ist, den wir suchen«, sagte ich. »Er hat sich als Frau verkleidet.«

Ich hatte keine Ahnung, was Mama tun würde.

Was sie tat, kam ziemlich unerwartet.

Sie stand auf, als ob sie aussteigen wollte, schien zu stolpern und ließ in der Aufregung ihre Tasche auf den Schoß der Fremden fallen.

»Oh«, entschuldigte sie sich, »es tut mir leid. Ich dachte, wir wären am Basar angekommen. Ich sehe jetzt, daß es erst die nächste Haltestelle ist.« Damit hob sie ihre Tasche auf und setzte sich wieder.

Die Frau antwortete nicht, drehte das Gesicht zum Fenster und schaute hinaus.

Warum tat sie das? Mir wurde klar, sie wollte nicht, daß ich sie weiterhin anschaute, weil sie vielleicht nicht ganz sicher war, daß ihre Verkleidung ausreichte. Natürlich hatte sie Angst zu sprechen. Denn wenn sie ein Mann war, würde man das an der Stimme gleich merken.

Mama nahm einen Zettel und einen Bleistift aus der Tasche. Sie saß am Fenster, wandte sich zu mir und sagte: »Asha, ich vergaß dummerweise, eine Liste von den Sachen zu schreiben, die wir im Basar kaufen müssen. Laß uns das jetzt tun, solange wir noch im Bus sind. Ich möchte fertig sein, wenn wir beim Basar ankommen, damit wir unsere Einkäufe schnell erledigen können. Wir haben nicht viel Zeit. Aber vorher öffne mir doch das Fenster, es ist so stickig hier drinnen.«

Sie nahm den Zettel und schrieb darauf, als wenn sie ihre Einkaufsliste machte. Sie schrieb in großen Buchstaben: FÜR DEN GENERAL – DRINGEND – DER SPION IST IN UNSEREM BUS.

Dann wurde mir klar, was Mama tun wollte.

Ich hatte mich schon gewundert, wie sie eine Botschaft zu dem General bringen wollte. Wir durften nicht aussteigen. Wenn wir das täten, würde der Spion vielleicht Verdacht schöpfen und auch aussteigen. Dann würde er sich schnell irgendwo im Basar verstecken und wäre verschwunden. Er hatte das ja schon mehrere Male getan.

Aber jetzt wußte ich, daß Mama Hilfe von den Zigeunern bekommen würde.

Die alte Zigeunerfrau hatte ihr gesagt, daß jeder Zigeuner jemandem helfen würde, der Mamas goldenes Armband besaß.

Seit sie das gehört hatte, hatte Mama es immer getragen. Jetzt zog sie es aus, wickelte den Zettel darum, so daß das Wort General und das Muster des Armbandes klar zu sehen waren. Dann nahm sie es in ihre linke Hand und hielt den Arm aus dem Fenster.

Der Chef der Zigeuner sah, was sie tat, und meinte, sie wollte ihnen Geld geben. Er kam sofort zu ihr. Mama drehte ihren Kopf zum Fenster, als wenn sie das Tanzen besser sehen wollte und legte den Finger auf die Lippen.

Sie winkte mit dem Armband, um die Aufmerksamkeit der Zigeuner darauf zu lenken, hielt es aber weit genug unter das Fenster, so daß der Spion nicht sehen konnte, was sie tat. Dann ließ sie es auf die Erde fallen.

Ich erinnerte mich, daß der Chef der Zigeuner gesagt hatte, er wäre der einzige in seiner Sippe, der lesen könne.

Welch ein Glück war es, daß er gerade da stand. Er bückte sich, hob das Armband mit dem Zettel auf und las die Botschaft.

Er verstand sofort! Er versteckte die Botschaft unter seinem Umhang und ging zum Militärhauptquartier, das sich auf der anderen Seite des Paradeplatzes befand.

Obwohl er teilweise von den tanzenden Zigeunern verdeckt war, sah ich ihn einige Minuten später, wie er mutig auf den Posten zuging und ihm die Armband-Botschaft übergab.

Als er das Wort »GENERAL« las, winkte ihm der Posten zu warten, und trug den Zettel in das Büro.

Ich konnte nichts mehr sehen, denn der Bus fuhr in diesem Moment wieder an. Es gab nur noch eine Haltestelle, am Basar. Wie froh war ich, daß der Spion immer noch starr aus dem Fenster in die andere Richtung schaute.

Der Chef der Zigeuner erzählte uns später, daß nur das Armband ihn dazu gebracht hatte, die Botschaft zum Hauptquartier zu bringen und dem Posten zu übergeben. Das Armband verlangte die Hilfeleistung!

Er sagte: »Wir Zigeuner halten uns so weit wie möglich

vom Militär fern. Sie lassen uns nicht in Ruhe und verbieten uns oft, unser Lager da aufzuschlagen, wo wir wollen. Aber als ich das Armband mit der Botschaft sah, mußte ich diesem Befehl gehorchen.«

Ihr könnt euch vorstellen, wie aufgeregt ich war!

Ich warf einen Blick hinter mich und bemerkte, daß der Spion nervös wurde und nach der Tür schaute, als ob er aussteigen wollte. Sie – oder war es er? – blieb jedoch sitzen. Ich hatte mich schon gefragt, was ich tun könnte, wenn sie tatsächlich ausstieg, bevor der General kam. Aber war diese Person wirklich der Spion? Wenn ja, was würde als nächstes passieren?

Ich mußte auf die Antwort nicht lange warten, denn als wir den Hügel kurz vor dem Basar erreichten, kam ein Militärjeep angebraust und hielt genau vor dem Bus. Der Busfahrer war gezwungen anzuhalten.

Mehrere Militärpolizisten sprangen heraus, und zwei von ihnen rannten hinten an den Bus und stiegen ein.

Mama zeigte auf die verschleierte Frau, und die Soldaten kamen sofort herbei. Wie peinlich wäre es, wenn der Spion doch nur eine Frau war!

Plötzlich mußte der Spion gemerkt haben, was los war. Er sprang hoch, warf den Schleier ab und packte einen Revolver, der an seiner Hüfte hing.

Dann geschah etwas Schreckliches!

Der Mann, der Spion, zerrte mich hoch und griff in meine Haare, um mich festzuhalten. Er richtete den Revolver auf meinen Rücken und begann zur Tür zu gehen!

»Wenn Sie das Mädchen lebend wiederhaben wollen«, knurrte er, »möchte ich keine Bewegung sehen.«

In der ganzen Aufregung vergaß ich Onkel Ram, der in der Nähe der Tür saß und natürlich alles beobachtet hatte.

Als er mich in Gefahr sah, konnte er nicht sitzenbleiben. Er sprang hoch und wollte sich auf den Spion werfen, aber mit seinem Gipsbein war er viel zu langsam. Der Spion feuerte aus der Hüfte und traf Onkel Ram in die Brust.

Sofort richtete der Spion den Revolver wieder auf mich. »Das wird jedem passieren, der irgend etwas versucht«, sagte er.

Dann zerrte er mich mit sich. Mama schaute hilflos mit weitaufgerissenen Augen zu. Der Spion schob mich in Richtung Tür.

Ich hoffte, es wäre nur ein Traum! Ja, ein schrecklicher Traum, aus dem ich bald erwachen würde! Aber es war kein Traum, es war Wirklichkeit!

Als alles so völlig hoffnungslos aussah, geschah etwas Wunderbares. Etwas ganz, ganz Schönes.

Bhuti kam ins Spiel. Er war kein schneller Denker. Aber wenn er dachte, dann reagierte er auch. Niemand durfte seine Freundin Asha schlecht behandeln! Was tat dieser Mann?

Mit einem wilden Knurren sprang er vorwärts und schnappte mit seinen großen Zähnen nach dem Arm des Spions. Der Mann stieß einen Schmerzensschrei aus, ließ den Revolver fallen und versuchte, sich aus dem Griff des Hundes zu befreien.

Das war genau die Gelegenheit, die die Militärpolizisten brauchten. Sie schoben mich zur Seite, denn ich war dank Bhutis Hilfe nicht mehr in Gefahr, weil der Revolver auf dem Boden lag, legten dem Mann Handschellen an und überredeten Bhuti mit viel Mühe, sein Opfer loszulassen. Ich muß sagen, daß ich dann etwas Dummes tat. Zum ersten Mal in meinem Leben wurde ich ohnmächtig!

16. Fast zu schön, um wahr zu sein

Als ich wieder zu mir kam, war ich der Mittelpunkt. Sogar Bhuti war nicht mehr die Hauptperson, aber das machte ihm nichts aus. Ich lag in Mamas Armen, und Onkel Ram war mit mir beschäftigt wie die Henne mit einem Küken.

Es dauerte einen Moment, ehe ich mich wieder an das Geschehen erinnern konnte.

»Onkel Ram«, fragte ich schwach, »bist du nicht tot? Was ... was ... ist geschehen?«

»Ja, meine liebe Asha«, rief Onkel Ram. »Wir haben den Spion gefangen, und ich bin nicht tot! Ich bin so glücklich über alles!«

Ich war noch ein bißchen schwindelig, aber Mama half mir, mich aufzusetzen. Da zog Onkel Ram seine Uhr aus der Tasche. Sie sah gar nicht mehr wie die Uhr aus, die er mir einmal gezeigt hatte. Sie sah aus, als wenn jemand einen Hammer genommen und draufgeschlagen hätte.

Der Anblick der Uhr ließ meine Gedanken wieder klar werden. »Was ist passiert?« fragte ich noch einmal.

»Ein Wunder ist geschehen, Asha«, erwiderte Onkel Ram. »Die Revolverkugel hätte mich getötet, wenn sie nicht meine Uhr getroffen hätte. Ich war durch den Schlag nur einen Moment betäubt. Die große Tat, die vor vielen Jahren mein Großvater getan hat, hat nun das Leben seines Enkels gerettet!«

Dann nahm er meine Hand und fügte mit einem Lächeln hinzu: »Ich muß schon sagen, Asha, es ist gefährlich, mit dir zusammen zu sein! Jedesmal, wenn ich bei dir bin, komme ich auf irgendeine Art in Gefahr.«

Inzwischen war General Lal vorgefahren. Die Militärpolizei hatte ihn durch Funk von den Ereignissen informiert, und er war natürlich sofort gekommen.

»Asha«, rief er aus, »du und Bhuti, ihr seid großartig! Wie hast du denn eigentlich den Spion erkannt?«

»Ich habe seine Augen hinter dem Schleier erkannt. Sie sahen genauso aus, wie ich sie damals durch das Fernglas gesehen hatte. Als ich dann noch seine großen, klobigen Füße sah, wußte ich, daß es ein Mann war.«

»Oh«, sagte der General neckend, »sicher haben nicht alle Männer große, unförmige Füße.« Dann schaute er zu seinen eigenen großen Militärstiefeln hinunter, lächelte und

fügte hinzu: »Na ja, nicht alle *so* groß und unförmig.«
»Ich wußte, daß es ein Mann war«, sagte Mama.
»Wie konntest du so sicher sein?« fragte Onkel Lal.
Mama wandte sich zu mir und erklärte: »Was denkst du, warum ich aufstand und ›aus Versehen‹ mit Absicht meine Tasche auf den Schoß des Spions fallen ließ?«
»Ich dachte, es wäre aus Versehen gewesen«, antwortete ich.
»Nein«, erwiderte Mama. »Von dem Augenblick an war ich ganz sicher, daß es ein Mann war. Das war der Grund, warum ich sofort die Botschaft an den General sandte.«
»Aber wie konntest du so sicher sein?« fragte ich.
»Weißt du, Asha, was der Mann tat, als ich meine Tasche fallen ließ? Er schloß sofort die Knie, damit die Tasche nicht auf den Boden fiel. Das war typisch für einen Mann. Eine Frau hätte ihre Knie geöffnet, um die Tasche in ihrem Rock aufzufangen! Von dem Moment an war ich völlig sicher, daß es sich um einen Mann handelte!«
»Gut gemacht!« rief der General. »Ich bin sicher, daß wir den Spion gefangen haben. Niemand sonst würde sich auf diese Art verkleiden und einen Revolver herumtragen.«
Bald hörten Deen und Shanti von dem Ereignis und rannten zu uns. Papa und Ajay kamen ebenfalls nach Hause. Sie waren sehr enttäuscht, daß sie nun am Schluß doch nicht dabei gewesen waren.
Wie aufregend alles war. Alle waren so nett zu mir. Sogar Deen, der trotz seiner Enttäuschung sagte: »Wenn ich schon den Spion nicht fangen konnte, bin ich doch froh, daß du es warst.« Das war sehr nett von ihm.
Onkel Ram sagte fast das gleiche. Inzwischen wußten wir natürlich, daß er versucht hatte, den Spion zu fangen. Er erzählte uns von all den Spuren, die er verfolgt hatte. Wie sie in der Höhle Untersuchungen angestellt und viele Menschen in diesem Gebiet befragt hatten. Einige Male dachten sie, sie hätten fast seine Spur, aber sie hatten es nie geschafft, ihn tatsächlich zu treffen.

17. Deen schreibt ein Lied

Noch zwei weitere Kapitel, dann muß ich aufhören.

An diesem Abend fühlten wir uns nach den Aufregungen des Tages sehr müde.

Wir saßen um das Feuer, das Mama angezündet hatte, denn es wurde abends schon merklich kühler.

Ich saß auf dem Boden und lehnte mich an Papas Knie.

Während er mir übers Haar strich, sagte er plötzlich: »Überraschung! Überraschung!«

Sofort stand Deen auf und sagte: »Hört euch mein neustes Lied an!«

Sie hatten es offensichtlich geübt, denn ehe ich wußte, wie mir geschah, sangen sie alle zusammen:

>»Asha fing den Spion,
>das haben wir davon.
>Die Höhle fand ich,
>doch sie übertrumpfte mich.
>
>Asha hatte Mut,
>das tat ihr sehr gut.
>Sie wollte nicht weinen,
>nur tapfer erscheinen.
>
>Viele waren ihm auf der Spur,
>doch Asha entlarvte ihn nur.
>Sie fing den Spion,
>das haben wir nun davon.«

Ich wurde ganz verlegen und wußte nicht, was ich sagen sollte.

In dem Moment steckte mir Mama einen Zettel zu. Sie hatte natürlich vorher über dieses Lied Bescheid gewußt. Auf den Zettel hatte sie geschrieben: »Lies dies laut vor.«

So las ich:

>»Deen begann,
>wir folgten ihm dann.

Alle taten ihr Teil,
keiner hatt' Langeweil'.

Es war nicht nur ich,
ich meine auch dich und dich und dich!
Alle halfen dabei
und taten allerlei.
Nun sind wir froh
und freuen uns so.«

Als ich zu Bett gehen wollte, sagte Onkel Ram: »Ich bin so froh, daß es meine Lieblingsnichte war, die den Spion fand. Allerdings schäme ich mich ein bißchen, daß mich ein Mädchen überholt hat.«

Ich schaute ihn an und merkte an seinem Lächeln, daß er das nicht ganz ernst meinte.

Am nächsten Nachmittag gab der General eine Party, und es schien, als wenn jeder aus Pahalata gekommen wäre. Kamen sie meinetwegen oder wegen des guten Essens?

Der General hielt eine Rede und erzählte, in welcher Gefahr sich der Damm und das Wasserkraftwerk befunden hatten und wie eifrig die Armee versucht hatte, das Geheimnis um den Spion zu lüften. Und nun war er von einem Mädchen entlarvt worden!

Plötzlich rief jemand: »Sprechen! Sprechen!«

Alle im Zimmer wandten sich mir zu.

Ich hatte mich nie zuvor so nervös gefühlt. Asha, die so oft redet, wenn sie eigentlich nicht soll, konnte nun kein Wort herausbringen, als sie sollte.

Ich flüsterte Papa zu: »Tu du es für mich.«

»Ich dachte nie, daß du auch einmal nichts zu sagen hättest«, flüsterte er zurück. »Steh einfach auf und sag ›Vielen Dank!‹«

So stand ich auf und schaute die vielen Leute an. Ich nehme an, daß es etwa vierzig oder fünfzig waren, aber mir schienen es vier- oder fünftausend zu sein.

»Vielen Da . .Dank!« brachte ich endlich heraus.

Es gab einen gewaltigen Applaus.

Ich war so verlegen und schwach, daß ich beinahe zum zweiten Mal ohnmächtig geworden wäre.

Als wir heimkamen, meinte Mama: »Ich hoffe, daß du nicht stolz wirst, Asha.«

Es gibt noch viele Sachen zu erzählen, aber ich muß zum Ende kommen. Aber es ist kaum zu glauben: Das war noch nicht das Ende.

Ich kann hoffentlich den Rest berichten, ohne stolz zu klingen, denn jetzt kommt auch Bhuti noch einmal dran. Bis jetzt schien keiner daran gedacht zu haben, welche wichtige Rolle er bei der Gefangennahme gespielt hatte.

Ohne ihn hätte meine Geschichte ein ganz anderes Ende. Aber ich verspreche, daß es wirklich das letzte Kapitel sein wird.

18 »Mutiges Mädchen fängt Spion«

So lautete die Schlagzeile in mehreren Zeitungen in Delhi, und darunter stand zum Beispiel:

»In einer besonderen Feier in seinem Haus überreichte der Präsident Asha Khanna, der Tochter des Majors Khanna, eine Medaille. ›Zum ersten Mal erhält ein Kind diese Medaille‹, sagte der Präsident bei der Verleihung. Er fügte hinzu: ›Aber wenn ein Kind die Arbeit eines Mannes tut und sich so tapfer zeigt, wie es Asha tat, ist es richtig, ihm diese Medaille zu übergeben. Es ist mir eine große Freude, sie ihr zu überreichen, und ich bin sicher, daß sie sie verdient hat.‹«

In der Zeitung stand weiter, daß der Oberbefehlshaber, General Calpa, den Präsident gebeten hatte, Bhuti ein besonderes Halsband mit einem Medaillon zu geben!

»Wenn ich daran denke, was Bhuti mit dem Spion machte«, sagte der Präsident, »möchte ich das Risiko nicht eingehen, es ihm selbst umzulegen, und bitte Asha, das zu tun. Ich bin sicher, daß es dem Hund nichts ausmacht.«

Ihr könnt euch vorstellen, wie stolz ich war, als ich Bhuti das schöne Halsband umlegte. Und es gab mächtigen Applaus für ihn. Er saß da, ein Hundelächeln auf dem Gesicht, als ob er jeden Augenblick genießen würde. Und ich bin sicher, daß er das wirklich tat.

Als wir schließlich im Auto saßen und uns auf den Heimweg machten, sagte Mama mit einem lieben Lächeln: »Meine Güte, meine Güte! Ich hoffe, daß dir das alles nicht in den Kopf steigt, Asha!«

»Ich glaube eher, daß es in ihr Herz gestiegen ist«, sagte Onkel Ram. Und ihr hättet das strahlende Lächeln sehen sollen, das jetzt über Mamas Gesicht ging.

»Ich glaube, daß uns eine Menge Dinge in diesen Tagen zu Herzen gegangen sind, Ram«, sagte sie ruhig.

Als wir heimkamen, merkten wir, daß sich Onkel Ram eine eigene Feier ausgedacht hatte. Im Wohnzimmer lag auf einem der Tische ein Päckchen, in Silberpapier eingewickelt und mit einem leuchtendblauen Band versehen. Obenauf saß eine große Schleife.

Auf einem Anhänger an dem Päckchen stand in großen Buchstaben: Deen Mehta.

»Was könnte das sein?« fragte ich. »Öffne es, Deen!« Er wandte sich an Onkel Ram, der daneben stand und fragte: »Darf ich?«

Wir schauten alle erwartungsvoll zu, als Deen die Schleife aufband und das Silberpapier entfernte. Es kam ein wunderschönes, poliertes Kästchen zum Vorschein. Deen öffnete es schnell.

Ihr werdet nie erraten, was das Kästchen enthielt. Auf einem herrlichen, seidenen Hintergrund lag eine eckige Silberplatte, auf der die Überreste von Onkel Rams Uhr befestigt waren.

Darunter waren folgende Worte eingraviert:
»FÜR EINEN MUTIGEN JUNGEN, MIT DESSEN UNTERSTÜTZUNG ASHA DEN SPION FANGEN KONNTE.«

Deens Augen leuchteten, als er zu Onkel Ram lief und ihn umarmte: »Oh, Onkel Ram, das wollte ich so gerne haben. Ich habe mich nicht getraut, dich darum zu bitten. Aber jetzt hast du sie mir gegeben. Danke, vielen, vielen Dank.«

Wie herrlich war alles, und wie glücklich waren wir alle, ich mit meiner Medaille und Deen mit seiner Uhr. Bhuti genoß das beste Essen, das er je bekommen hatte. Ich bin ziemlich sicher, daß er sein Essen lieber hatte als das Halsband!

Aber vielleicht war das schönste von allem, daß Mama uns mitteilte, Onkel Ram werde noch mehrere Wochen bei uns bleiben, bis sein Bein völlig geheilt war. Er ist wie ein richtiger Onkel für Deen und mich und ein geliebter Bruder für Mama und Papa.

Ich habe jedoch versprochen, daß das letzte Kapitel kurz sein sollte. Deshalb muß ich aufhören. Nur noch etwas zum Schluß über das Geschenk der Zigeuner.

Ihr erinnert euch an das Zigeunerarmband und das Heilige Buch, von dem Mama sprach? Als wir zurück nach Delhi kamen, blieb Onkel Ram bei uns, bis sein Bein geheilt war. Eines Tages brachte Mama ihm das Buch, das Nani, die Zigeunerin, ihr gegeben hatte. Es sah genauso aus wie ein Buch, in dem Onkel Ram jeden Morgen las.

»Es ist die Heilige Schrift«, sagte der Onkel und schaute sich das Buch genau an. Er hielt seine eigene Bibel hoch.

»Sieh, es ist wie meine, nur älter.«

»Die Heilige Schrift!« sagte Mama leise.

»Es ist Gottes wahrhaftiges und lebendiges Wort an uns«, sagte Onkel Ram. »Seine Botschaft für alle Menschen auf der Welt.«

Sicher ist es kein Geheimnis, was in der Bibel steht, nicht wie das Versteck eines Spions, aber für mich ist es etwas Geheimnisvolles, über das ich jetzt noch nichts weiß.

Aber – ich will das herausfinden!

Und Deen auch.